파리는 언제나 옳다

파리는 언제나 옳다

2019년 1월 22일 초판 1쇄 발행

지은이 강재인
발행인 김시경
발행처 M31

출판등록 제2017-000079호 (2017년 12월 11일)
주소 서울시 강서구 방화대로34길 88, 107-907
전화 070-7695-2044
팩스 070-7655-2044
전자우편 ufo2044@gmail.com

ISBN 979-11-962826-6-0 03810

이 도서의 국립중앙도서관 출판예정도서목록(CIP)은 서지정보유통지원시스템 홈페이지(http://seoji.nl.go.kr)와 국가자료공동목록시스템(http://www.nl.go.kr/kolisnet)에서 이용하실 수 있습니다.
(CIP제어번호: CIP2019000143)

아빠와 함께, 조금 더 지적인 파리 여행

파리는 언제나 옳다

강재인 지음

M31

프롤로그

내가 초등학생이던 시절에는 몇 백 원 주면 책 한 권을 빌릴 수 있는 '도서대여점'이 있었다. 그곳에서 나는 동화책을 시작으로, 성인도 완독하기 어려운 소설 연재작이나 철학서까지 빌려 읽었던 것으로 기억한다. 이해 못하는 내용이라도 책 읽기가 유일한 즐거움이었고 크고 작은 글짓기 대회에서 수상하던 그 시절의 내 꿈은 한결같이 '작가'였다. 나에게 글을 쓰는 재능이 있었기보다는 환경의 역할이 컸다.

집의 서재와 거실에는 만여 권의 책이 있었고, 항상 책을 읽으시거나 글을 쓰시는 아빠를 따라 광화문의 큰 서점을 드나드는 일이 잦았던 것이다. 하지만 언론인이던 아빠는 나에게 글 쓰는 직업을 권하지 않으셨다. 불안정하다는 이유였다. 한번은 내 꿈을 말리는 게 너무 서러워 방에 들어가 혼자 크게 울었는데, 반항할 만큼 배짱이 있지 않았던 건지, 부모님 설명에 납득이 되었던 건지, 아무튼 그 이후 작가의 꿈은 소멸해갔다.

진학을 하고 취업을 하는 치열한 시기를 지나, 십 년 넘게 직장생활을 하면서는 안정적이지만 매너리즘에 빠져 인생이 공허해지기 시작했

는데, '내 삶이 불행하지는 않지만 행복하지도 않다'는 감정과 함께 원래의 꿈이 되살아나기 시작했다.

그렇다고 평탄한 지금의 삶을 포기하고 가보지 않은 길에 몸을 던질 만큼 나는 대담하지 못했다. 그래도 '지금이 아니면 언제?' 그리고 '나 자신이 아니면 누가?' 나를 건져주겠느냐는 생각에 작은 일탈을 꾀한 결과물이 바로 이 책이다. 그 일탈의 공범자로 작가 되는 것을 반대하셨던 아빠를 초대한 것이 '신의 한수'였다. 지금처럼 여행이 흔해진 시대에는 특별한 준비 없이 무작정 떠나는 것도 멋처럼 여겨지지만, 나는 내 일탈의 정당성을 위해 나름대로 치밀하게 준비했다.

여행은 세 파트로 구성된다. 첫 파트는 떠나기 전의 준비기간이다. 대부분은 이 대목을 소홀히 여기는데, 사실 계획을 하고 이를 준비하는 시간이 기대와 설렘이 있는 여행의 가장 즐거운 파트다. 남자와 여자, 노인과 청년 그리고 아빠와 딸. 즉 우리 부녀 사이엔 성별, 나이 그리고 입장의 차이가 분명히 존재했다. 관광명소에서 사진을 찍거나 맛

집 투어를 한다고 해도 얼마나 많은 혹은 깊은 대화가 오가겠냐는 생각이 들어 그 간극을 없애기 위한 고민을 시작했다. 공통점을 생각해 보니 나는 문학과 예술에 관심이 많았고, 아빠는 39년 전에 이미 파리를 취재하셨던 이력이 있기에 파리를 테마여행하고 그 여행기의 공동 집필을 제안했다. 목적이 있는 여행이므로 서먹했던 부녀 사이도 어쩔 수 없이 대화가 오가고 서로의 생각과 느낌을 끊임없이 교환하는 여행이 될 수 있을 것 같아서였다.

파리를 여행지로 선택한 뒤, 우리 부녀는 그 도시에 대한 자료와 책을 읽기 시작했다. 아는 만큼 보이기 때문이다. 여행 전에 섭렵한 서적만 삼십여 권인데, 반은 한국 책이고 반은 영문서적이다. 읽으면서 여행 목적지인 파리의 윤곽이 잡혀갔고, 시간이 지나면서는 그 윤곽의 실체가 점점 분명한 인간의 얼굴로 다가왔다.

그렇게 해서 우리가 붙든 테마는 파리가 어떻게 예술과 낭만 그리고 문화의 중심지가 될 수 있었느냐는 것이다. 그 테마의 실체를 파악해 가는 첫 실마리를 그림에서부터 찾는 데 합의했다. 장소로는 몽마르트

르로부터, 그리고 인물로는 화가 피카소로부터 시작하여 로스트 제너레이션의 대표적 작가인 헤밍웨이를 거쳐 프랑스의 대표적 지성이었던 사르트르와 보부아르 부부의 흔적을 따라가면서 현대의 파리문명이 어떻게 전개되었나를 살펴보기로 했다.

그 다음은 파리의 현대문명이 어디서부터 시작되었나를 살펴보기 위해 프랑스의 중세부터 현대까지 역사적 현장을 답사하는 방식을 취했다. 그 과정에서 단편적인 지식이 아닌 프랑스의 역사 자체를 꿰뚫어 전체 흐름이 영화처럼 자연스레 흘러가도록 말이다. 우리의 테마여행은 클래식한 인물들의 클래식한 장소를 위주로 했는데, 클래식한 것이 항상 으뜸은 아니지만, 최고는 늘 클래식하다는 개인적인 취향이 반영된 선정이었다.

두 번째 파트는 여행 자체인데 여행을 즐기는 방법은 사람마다 다르니 따로 설명할 필요가 없겠다.

마지막 파트가 바로 여행 후의 추억이다. 평생에 한 번 있을 법한 시간을 오래 연장시키는 방법은 추억뿐인데, 제대로 추억하자면 여행지에서의 생생한 기억이 지속되어야 한다. 보통은 사진을 찍는다. 쉽고 좋은 방법이지만 생각과 느낌을 다 담을 수 없다는 한계가 존재한다.

기억을 가장 효과적으로 간직하는 방법은 글쓰기다. 글을 잘 쓴다, 못 쓴다는 차원이 아니라 무슨 글이든 그 생각을 종이 위에 옮기자면 우선 정확한 사실과 상황을 필요로 하게 된다. 다시 말해 뚜렷한 기억이 요구되는 것이다. 이렇게 정확한 기억을 바탕으로 글을 써나가다 보면 글쓰기에 생각을 정리해주는 뛰어난 기능이 있다는 것을 발견하게 된다. 정리되지 않은 생각을 글로 쓰면 읽는 이에게도 전달되지 않으니까.

그래서 정리된 생각을 글로 쓰고 나면 램RAM의 위치에 있던 기억이 머릿속의 하드디스크HDD로 넘어가서 영구저장이 되고, 그 영구저장된 기억을 끄집어내어 즐기는 행위가 바로 추억이다. 나는 여행의 추억도 추억이지만 서먹한 부녀 사이의 관계회복을 위해서는 공동 목표가 필요하다고 생각해서 공동 집필을 제안했던 것인데, 이 생각은 적중했다. 실제로 여행이 끝난 뒤에도 약 일 년 동안 아빠와 함께 끊임없이 소

통하고 대화해야 했기 때문에 당초의 목적을 충분히 달성할 수 있었던 것이다. 일주일간의 여행이 1년 이상으로 늘어났고, 그 과정에서 아빠는 내게 더 많은 글을 써볼 것을 권하시게 되었다. 이로써 나의 일탈은 좋은 결과를 얻은 셈이다.

이런저런 과정을 거쳐 탄생한 이 글은 파리를 풍요롭게 여행하거나 추억하고 싶은 사람들을 위한 쉽고 폭넓은 입문서다. 혹은 파리를 굳이 가지 않더라도, 파리의 매력을 알고 싶은 사람들을 위한 가벼운 교양서다. 또한 무료한 일상을 벗어나고 싶지만 선부른 도전을 하기 힘든 보통사람들의 휴식서다. 무엇보다 나의 자녀 혹은 부모와의 관계를 되짚어보고 싶은 사람들에게 나의 개인적인 일탈로 초대하는 회복서다.

모든 순간이 이야기가 되고 주변 풍경이 끊임없이 말을 걸어오는, 언제나 매력적인 도시 파리. 그곳의 지성과 예술과 아름다움을 전하며.

2019년 1월 강재인

CONTANTS

01
우리는 지금 파리로 간다

아빠와 여행을 떠나기로 결심하다

나는 지금 뉴욕에서 파리로 가는 비행기 안에 있다. 이륙한 지 두어 시간 지났으니 아직은 미국 부근의 대서양 위에 떠 있을 터이다. 정시 퇴근을 하고 바로 뉴욕 JFK 공항으로 왔는데, 델타항공사의 발권 창구와 보안검색대가 예상보다 붐벼서 아슬아슬한 탑승이 되었다.

밤 비행기를 탈 때면 무료로 제공되는 기내식을 먹어야 할까 그냥 잠들까 항상 고민하게 된다. 결국 기내식을 받으면 가벼운 메뉴만 골라 먹고 와인 한 잔을 곁들일 때가 많다. 알코올에 약한 컨디션일 것 같으면 드라이한 레드 와인과 스프라이트를 시켜 둘을 섞어 마실 때도 있다. 애주가들에게는 바보 같은 짓이라고 한소리씩 듣지만 루비 빛을 띠는 둘의 조화가 상그리아 맛을 내기 때문에 사실은 꽤 근사하다.

오늘은 연어 몇 점이 들어간 샐러드와 예상보다 부드러웠던 쇠고기 두어 점을 집어 먹었다. 디저트로 나온 초코케이크는 설탕이 가득할 게 뻔해 한참 동안 바라보다가 먹지는 않았다. 식탐 많은 사람이 여자로 살아간다는 건 얼마나 괴로운 일인지!

매일 두세 번 '이 음식을 먹을까 말까' 고민하고, 그중 한번은 먹고 나서 꼭 후회하곤 한다. 하지만 오늘은 내일부터 맛볼 파리의 음식들에 마음의 위안을 얻는다. 파리의 디저트는 터무니없이 달기만 한 미국 디저트와 차원이 다른 우아함이 있다고들 하니까.

다소 충동적인 결정이었지만 아빠와의 파리 여행을 추진한 것은 나름대로 이유가 있었다. 두어 달 전 교제하던 남자친구가 프러포즈를 한 뒤로 나를 부를 때 '미세스 P'란 애칭을 쓰기 시작했다. 미국은 결혼하면 여자가 남편 성을 따르는 문화가 있는데, 필수적인 것은 아니지만 대다수가 따르고 있고, 나 역시 '미스 강'에서 남자친구의 성인 '미세스 P'로 호칭이 바뀌게 될 터이다.

"그래도 난 내 성을 유지하고 싶은데!"

남자친구는 잠시 당황하다가 이내 내 의견을 존중해주겠다고 하여 일단락되었지만, 나는 행복한 가운데서도 왠지 모르게 섭섭한 마음이 들기 시작했다. 성만 바뀌는 게 아니라 소속이 바뀌고 생활의 중심이 달라지는 일대 변화가 일어나는 것이다.

남은 싱글 기간에 무언가 해야겠다는 초조감이 생기면서, 나에게 성을 주신 아빠가 보이실 서운한 표정도 떠오르고, 사회인이 되면 돈을 모아 유럽 여행을 가겠다고 미뤄왔던 학창시절의 희망 사항도 다시 보글보글 올라오기 시작했다.

한때는 돈이 부족해서, 한때는 시간이 없어서, 그리고 대부분은 다음에 가면 되지 하는 생각으로 미뤄왔던 계획. 가장 자유로운 싱글 때도 하지 못한 일을 배우자가 생기고 아이를 낳은 뒤에 한다는 건 턱도 없는 소리다. 모든 일에는 적기가 있는데 이번 기회를 놓치고 싶지 않았다.

"아빠, 저하고 파리 여행 같이 하실래요?"

보통 때라면 다음을 기약했을 아빠도 뜬금없는 내 제안을 곧바로 받으셨다. 사소한 의견충돌로 서먹서먹해져 있던 부녀 사이를 아빠도 내심 회복해보고 싶으셨던 거다.

고민 없이 결정한 여행지, 파리

기내는 말소리로 웅성거리지만 귀에 거슬리지 않는다. 간혹 어느 외국어는 소리 자체가 시끄러워 신경을 곤두서게 하는데, 부드럽게 굴러가는 불어는 참 아름다운 언어로구나 하는 생각이 들게 한다. 어쩌면 언어 자체가 아니라 낮고 조용한 톤으로 조곤조곤 말하는 그들의 에티켓이 아름다운 것인지도 모르겠다.

몇 년 전 신문에 났던 기사가 생각난다. 한국의 중산층 기준은 부채 없는 30평 이상의 아파트와 월 소득 500만 원 이상 등 철저하게 소득과 재산이 척도인 반면, 몇몇 선진국은 인생의 가치가 기준점이라고 한다. 그중 퐁피두 대통령이 1970년대에 삶의 질Qualité de vie을 향상시키기 위해 정했던 프랑스 중산층의 기준을 보고 일종의 경외심을 느꼈던 일이 있다.

'외국어를 하나 정도 할 수 있고, 직접 즐기는 스포츠와 다룰 줄 아는 악기가 있으며, 남과 다른 맛을 내어 대접할 수 있는 요리가 있을 것, 그리고 공분에 의연히 참여하고 약자를 도우며 봉사활동을 꾸준히 하는 것.'

이미 40여 년 전에 삶의 여유와 올바른 가치관을 기준으로 삼은 그들이 부러웠던 탓인지 나는 큰 고민 없이 파리를 내 첫 유럽 여행지로 정했고, 쇼핑을 하거나 뻔한 랜드마크에서 사진만 남겨 오는 여행은 애초에 우리 취향이 아니었기에 나름대로 치밀한 테마여행을 준비하게 되었다.

파리에 대한 자료들을 섭렵하다 보니 시간이 빠르게 흘렀다. 비행기에 오르기 전 한 달간이 지금껏 내 인생에서 가장 피곤하고도 설렌 시간이 아니었나 싶다. 내가 태어나기도 전 파리에 체류하며 여행기를 쓰셨던 아빠도 젊은 시절에 취재하던 그 기분으로 여러 가지 자료를 보셨다고 한다.

"인간의 개성과 개인의 존엄성에 모든 비중을 두고 있는 그들의 가치 체계를 확인할 수 있었다는 것이 이번 여행의 수확이라고 생각한다."

39년 전 아빠의 여행기 일부를 옮긴 글이다. 아빠와 딸, 노인과 청년, 남자와 여자, 취향은 비슷하지만 친하지는 않은 우리 부녀가 유별난 준비 기간을 거쳐 얻게 될 이번 여행의 수확은 과연 무얼까?

이내 손에 잡히는 무엇이 없어도 좋다는 생각이 들었다. 이런 여행을 하는 부녀 커플이 얼마나 있을까? 돈이든 시간이든 성격이든 이런저런 이유로 함께하는 일정을 맞추기가 그리 쉽지 않은 게 현실이다.

파리 풍경, 에펠탑과 알렉산드리아 3세 다리 ©강재인

보통 때는 기내에서 편한 운동복을 입었을 나는 오늘은 올 블랙의 미디엄 길이 원피스에 짧은 목 스카프, 그리고 진주 귀걸이를 착용하고 있다. 와인 한 잔에 취기가 올라 알딸딸해지니 마치 파리지엔느가 되어 본국에 돌아가는 듯한 기분이 든다. 이제 막 인천공항을 출발하셨을 아빠도 기내에서 나처럼 와인을 한 잔 하고 계시면 좋을 텐데. 그렇게 우리는 지금 파리로 간다.

처음으로 우버 택시를 타다

12시간의 비행 끝에 샤를드골 공항에 도착해 짐 찾는 곳으로 가니 뉴욕에서 먼저 도착한 딸이 나를 기다리고 있다가 화사하게 웃었다. 곧 짐을 찾은 나는 파리로 들어가는 지하철 같은 것을 생각하고 있었으나, 딸은 휴대폰을 꺼내 어디론가 문자를 보냈다.

"2분이에요."

"뭐가?"

"2분 뒤 건물 밖에 우버가 도착해요."

생소했다. 우버Uber란 스마트폰의 앱으로 승객과 차량을 이어주는 서비스를 말하는데, 신문기사에서만 보았지 실제로 사용해본 일은 없었다.

"왜 지하철 같은 것도 있지 않으냐?"

"네, 있어요."

공항에서 파리로 들어가는 방법은 39년 전 내가 파리에 처음 왔을 때 그랬던 것처럼 지금도 에어프랑스 공항리무진, 버스, 택시, 지하철 등 여러 가지가 있다.

파리의 지하철엔 서울의 지하철 비슷한 메트로와 '지역급행철도망 Réseau Express Régional'의 약자로 한국의 국철 비슷한 RER의 2가지 있어

서로 환승이 되는데, 참고로 파리의 지하철 표를 구입하는 여러 가지 방식을 요약하면 다음과 같다.

표 이름	프랑스어	내용
티케 까르네	Le Ticket Carnet	1회용 1회용 10장 묶음
모빌리스	Mobilis	1일 무제한 사용권
티케 죈느	Ticket Jeunes	26세 미만(주말 사용권)
파리 비지뜨	Paris Visite	1, 2, 3, 5일 승차권 버스도 무제한 사용
나비고	Navigo	정기권(1주일, 1개월)

지하철 표 종류

어떤 표를 사야 하느냐는 자신이 머무는 기간과 관계있을 것인데, 당연한 이야기이지만 까르네~나비고의 묶음 또는 정기권이 싸게 먹힌다. 그런 이야기를 내가 파리의 메트로를 타고 다녔던 과거의 경험과 함께 언급했더니 딸이 웃으며 말했다.

"그땐 아직 젊으셨잖아요. 두 사람이면 우버 택시도 그렇게 비싸지 않아요. 짐도 있고. 메트로는 나중에 타세요."

정말 2분 뒤에 딸이 부른 우버 택시가 우리 앞에 다가왔다. 지정한 장소에 나타난 우버 택시에 승차해본 것은 그때가 처음이었다. 그리고 파리에 머무는 동안 관광지를 걸어 다니다가 피로해진 시간에 딸이 휴대폰으로 부른 우버 택시는 대개 2분 정도면 이쪽에서 지정한 장소에 나타났다. 휴대폰에 그 자동차의 번호가 먼저 뜨면서.

딸이 정한 숙소는 파리의 도심인 제2구의 파크 하얏트 파리-방돔 호텔이었다.

"너무 비싼 곳 아니냐?"

내가 묻자 딸이 웃으며 대답했다.

"사흘뿐이에요. 신용카드 적립 포인트로 얻은 거니까요."

"그럼 그 다음은?"

"아파트로 옮겨야죠. 호텔에서 멀지 않은 곳이래요."

우버 택시도, 신용카드 마일리지도, 여행지에서 아파트를 얻는 것도 나의 젊은 시절에는 모두 경험해보지 못한 새로운 제도였다. 시대가 변한 것이다. 나는 딸을 보며 속으로 생각했다. 하긴 내가 파리를 처음 방문한 39년 전에는 이 아이가 아직 태어나지도 않았던 시기다. 차창으로 보는 시가지는 39년 전과 크게 다르지 않았다.

마침내 차가 한 곳에 도착했다. 내려서 보니 우리가 묵게 될 호텔 이름은 거리를 따라 죽 잇대어 지어진 5층 건물의 한 출입구 위에 'Park Hyatt Paris'라고 작은 글씨로 쓰여 있을 따름이었다.

5성급 호텔이라면 크고 번듯하고 독립적인 건물을 연상하던 내게는 좀 의외였다. 그러나 파리 호텔의 입구가 대개 이런 식일 수밖에 없는 사정은 파리의 대부분이 19세기에 지어진 건물들을 지금도 그대로 사용하고 있기 때문이라는 점을 나중에 알게 되었다.

우리가 묵었던 파리의 파크 하얏트 호텔 ©강재인

안으로 들어가니 로비도 작았으나 총 158실의 호텔 규모 자체는 그리 작은 것도 아니었다. 나중에 들으니 한국에서 신혼여행을 온 커플이 잘 묵는 호텔이라는데, 비수기라 그런지 정작 내가 투숙하는 동안엔 단 한 명의 한국인도 만나지 못했다.

딸과 나는 짐을 푼 뒤 로비로 내려와 프런트에서 파리 시가지 지도를 얻었다. 무료다. 꽤 잘 그려진 지도였지만 딸은 별다른 관심을 보이지 않았다.

"지금은 구글 지도면 다 되니까요."

그리고 딸이 휴대폰을 보여주는데 주소나 지명만 치면 해당 지도가 나오고, 거리 계산도 해주고 위성사진으로 거리 모습까지 보여준다. 세상이 달라진 것이다. 나는 다시 한 번 딸과 나 사이의 세대 차를 느끼지 않을 수 없었다.

호텔 밖으로 나오니 길 한쪽 끝에 방돔 광장Place Vendôme에 세워진 나폴레옹의 아우스털리츠 전투La bataille d'Austerlitz 승전탑이 랜드마크 역할을 해주고 있었다.

"위치가 좋아 여길 택했어요."

그랬다. 호텔에서 오페라 가르니에까지는 도보로 2분, 콩코르드 광장까지는 8분, 루브르 박물관까지는 16분 거리였다. 그리고 호텔 주변에 잇닿은 명품 상점들. 나는 명품 상점의 진열장을 보는 대신 파리의 하늘을 보았다. 황사나 미세먼지로 뿌연 서울의 하늘과 대조적인 파리의 푸른 하늘.

아, 예전엔 서울도 저랬는데.

파리의 푸른 하늘 ©강재인

02

미라보 다리에서 피어난 사랑

미라보 다리에 가다

파리를 관통하는 강을 '센 강'으로 표기하지만 예전엔 '세느 강'이라고 했다. 내 세대는 어느 쪽인가 하면 '세느 강' 쪽이다. 그편이 더 친숙하다. 그런 내게 세느 강이라 하면 제일 먼저 떠오르는 것이 '미라보 다리Le Pont Mirabeau'다. 연상작용은 추억과 관계있는 것이므로 사람마다 다를 것이다. 나는 딸에게 미라보 다리는 안 가볼 건지 물어봤다.

"미라보 다리요?"

약간 쇳소리가 났다. 동의하지 않는다는 뜻이다. 딸이 만든 일정표는 동선을 중심으로 짜인 것이라, 파리의 서쪽 끝에 있어 사람들이 찾는 관광 포인트와 동떨어진 미라보 다리는 처음부터 고려의 대상이 아니었던 것이다.

미라보 다리에서 바라본 에펠탑 ©강재인

나는 미라보 다리를 가봐야 하는 이유를 설명했다. 딸은 납득했지만 만족스러운 표정이 아니었다. 갈등은 때로 사소한 것에서 비롯될 수도 있는 것이어서 나는 딸의 눈치를 살펴야 했다.

파리 15구와 16구를 이어주는 아치형의 미라보 다리는 실제 동으로 만든 조형물이 몇 개 교각에 붙어 있긴 하지만 관광객들이 시간을 내서 찾아가볼 만큼 아름다운 다리는 아니다. 어찌 보면 도심을 관통하는 센 강의 물줄기보다 훨씬 넓어진 강물 위로 덩그러니 놓인 긴 다리일 뿐이고, 동쪽으로 보이는 자유의 여신상과 그 뒤로 보이는 에펠탑의 원경이 그런 휑한 느낌을 더해줄 뿐이었다.

그런데도 내가 굳이 딸을 설득해서 그곳까지 가게 된 것은 기욤 아폴리네르의 〈미라보 다리〉라는 시 때문이었다. 나이든 독자들 가운데는 청소년 시절에 그 시를 읽어본 이도 있을 것이다.

미라보 다리 아래 Sous le pont Mirabeau
세느 강은 흐르고 Coule la Seine
우리 사랑도 흐르는데 Et nos amours
다시 되새겨야 하는가 Faut-il qu'il m'en souvienne
기쁨은 언제나 La joie venait toujours
고통 뒤에 온다는 걸 Après la peine
밤이여 오라 Vienne la nuit
시명종時鳴鐘아 울려라 Sonne l'heure
세월은 가도 Les jours s'en vont
나는 머무니… Je demeure…

인근 메트로역에서 RER로 갈아타고 자벨Javel역에서 내리니 곧바로 미라보 다리였다. 1896년에 완공된 폭 20미터, 길이 173미터의 아치형 다리다. 특별히 아름다운 것도 인기가 있는 것도 아니다. 그런데도 왜 아폴리네르는 이 다리를 배경으로 위와 같은 시를 썼던 것일까?

사연이 있다.

아폴리네르와 로랑생의 이야기

원래 로마 출생의 아폴리네르는 19세 때 파리로 이민 와서 가난한 예술

시인 기욤 아폴리네르
©Wikimedia Commons

가들이 모여 살던 몽마르트르 언덕에 터를 잡는다. 그는 자유로운 삶을 즐기며 화가 파블로 피카소, 화가 앙리 루소, 시인 장 콕토, 화가 마르크 샤갈, 시인 앙드레 살몽, 시인 앙드레 브르통, 시인 막스 자코브 등과 어울리면서 아방가르드 운동에 참여하다가 1907년 피카소의 소개로 세 살 밑의 화가 마리 로랑생을 만나게 된다.

발랄하고 쾌활한 로랑생은 특유의 총명함으로 입체파 화가들에게 영감을 불어넣어주던 몽마르트르의 뮤즈였다. 파리의 중류층 가정에서 태어난 그녀는 어머니와 함께 몽마르트르 근처의 샤펠가에 살았는데, 데생학교에서 만난 화가 조르주 브라크의 소개로 피카소가 살던 낡은 아파트 '바토라부아르'를 들락거리다가 아폴리네르를 만나게 됐던 것이다.

마리 로랑생
©Wikimedia Commons

아폴리네르는 첫눈에 반했고, 그녀도 훤칠한 용모의 아폴리네르에게 호감을 보였다. 둘은 빠르게 가까워졌고 서로의 예술에 대한 찬미자가 됐다.

얼마 후 로랑생은 센 강의 서쪽, 불로뉴 숲 부근의 오퇴유로 이사했다. 그러자 아폴리네르도 사랑을 따라 그곳으로 거처를 옮긴다. 거기서 가까운 다리 이름이 바로 미라보였다. 그러나 오퇴

유로 이사한 뒤부터 두 사람은 자주 다투게 됐다. 로랑생은 빨리 결혼하고 싶어 했지만 아폴리네르가 결혼을 자꾸 미뤘던 것이다. 이 과정에서 로랑생은 자존심에 상처를 입었고 두 사람의 골은 깊어갔다.

아폴리네르, 1916년 유산탄에 부상을 입은 뒤 그의 모습
©Wikimedia Commons

결별 후 그녀가 오토 폰 바예첸 남작과 결혼했다는 소식을 들은 아폴리네르는 한동안 정신적 공황에 빠져 있다가 1914년 제1차 세계대전이 발발하자 자원해서 참전했다. 그러나 부상을 입고 후송된 뒤 쇠약해진 그는 유행성 독감을 이겨내지 못하고 1918년 38세의 나이로 세상을 떠난다.

1932년경의 마리 로랑생
©Wikimedia Commons

한편, 바예첸 남작과의 결혼생활이 순탄치 못했던 로랑생은 결혼 7년 만에 헤어진 뒤 파리로 돌아와 삽화가와 무대미술가로 크게 성공하지만 속으로는 젊었을 때 사랑을 나눴던 아폴리네르를 잊지 못한다.

몽마르트르 뮤즈의 유언

몽마르트르의 뮤즈였던 그녀를 사랑하는 친구들이 1922년 그녀의 시를 모아 출간한 《부채L'Eventail》라는 시집에는 아폴리네르와 헤어진 뒤 자신의 심경을 그린 〈진정제Le Calmant〉라는 시가 들어 있는데 이를 직역

해보면 다음과 같다.

울적하다기보다 슬픈 Plus qu'ennuyée , triste

슬프다기보다 비참한 Plus que triste, malhereuse

비참하다기보다 괴로운 Plus que malhereuse, souffrante

괴롭다기보다 버림받은 Plus que souffrante, abandonnée

버림받았다기보다 Plus qu'abandonnée,

세상에 홀로 남겨진 Seule au monde

세상에 홀로 남겨졌다기보다 Plus que seule au monde,

추방된 Exilée

추방되었다기보다 죽어버린 Plus qu'exilée, morte

죽었다기보다 잊혀진. Plus que morte, oubliée.

울적함 → 슬픔 → 비참 → 괴로움 → 버려짐 → 혼자 남음 → 추방 → 죽음 → 잊힘의 점진적 감정을 열거함으로써 결국 잊히는 것이 가장 슬픈 일이라는 점을 지적한 시의 원문에는 '여인'이란 말이 쓰여 있지 않다. 아폴리네르를 그리워하던 마리 로랑생은 1956년 73세의 나이로 숨졌다. 죽기 전 그녀는 이런 유언을 남겼다.

"내 몸에 흰 드레스를 입히고 빨간 장미와 아폴리네르의 시집을 놓아 달라."

친지들은 그렇게 해줬다고 한다. 장미는 사랑, 시집은 아폴리네르, 흰 드레스는 결혼의 상징이다. 결국 아폴리네르와 이루지 못한 사랑을

파리 제20구의 페르라셰즈 묘지에 있는 마리 로랑생 무덤. 같은 묘지에 아폴리네르도 묻혔다.
©Wikimedia Commons

다시 시작해보고 싶은 염원이 담긴 유언이었던 것이다. 그녀의 시신은 아폴리네르의 시신이 안치된 파리 제20구의 페르라셰즈 묘지Cimetière du Père-Lachaise에 묻혔다.

나는 다리 밑으로 흐르는 강물을 바라보면서 로랑생의 삶을 생각해 보았다. 화려한 것 같지만 밑바닥은 외롭고 쓸쓸한 것이 삶의 본질이다. 로랑생도 그 누구도. 미라보 다리 밑의 강물은 거대하기 때문에 흐르는 모습이 보이지 않는다. 우리들의 삶의 시간도 그런 모습으로 흘러가고 있는 것이다.

"내일은 몽마르트르Montmartre에 가실 거죠?"

사실은 순서가 뒤바뀐 것이다. 아폴리네르와 로랑생이 활동 무대로 삼았던 몽마르트르를 먼저 가봤어야 한다. 나는 딸의 눈치를 살피며 되물었다.

"괜찮겠니?"

딸은 1년에 한 번쯤 고국을 방문하기는 한다. 그러나 서먹서먹한 상태로 청소년기를 보낸 딸과 나 사이엔 유년기의 작은 에피소드를 빼놓고선 이렇다 할 만한 공통의 추억이 없다. 그렇기 때문에 교감 같은 것도 없다. 그래서 대화는 늘 서로의 안부를 묻거나 당면 안건을 말하는 수준에서 끝나고 말았던 것이 현실이다.

"그럼요, 아빠."

딸의 대답에 나는 안도감을 느꼈다. 미소 짓고 있는 딸의 등 뒤로 붉은 노을이 지고 있었다.

03
몽마르트르 가는 길

아빠와의 작은 주도권 싸움

그날 저녁 내내 겉으로 내색하진 않았다. 그러나 파리의 첫 일정을 미라보 다리로 잡은 것이 유쾌하진 않았다. 생각해보니 아빠는 여행 준비 때도 미라보 다리를 얼핏 언급하셨던 것 같다.

그러나 짧은 기간 효율적으로 움직여야 하는 일정인데, 다리 하나 보려고 굳이 다른 관광 포인트와 동떨어진 먼 장소를 찾아가는 것이 나로선 납득되지 않았다. 원하는 것을 쉽게 내려놓지 않는 우리 부녀의 같은 성격이 여행 첫날부터 마찰을 일으킨 셈이다.

아빠와는 어릴 때부터 다정하거나 친근했던 사이가 아니다. 기억의 조각을 모아보면 우리가 어렸을 때 아빠는 오빠와 내가 TV 보는 것을 너무 싫어하셨다. 우리 남매의 소원은 연말 가요대상 프로그램 같은 것을 한번 처음부터 끝까지 마음 놓고 보는 일이었다.

또 성적이 그런대로 괜찮은 편이었는데도 그것이 당연하다고 생각하시는 아빠에게 큰 칭찬을 받아본 적이 없다. 대입 수능을 끝내고는 친구들과 함께 아르바이트를 해서 생애 첫 용돈벌이를 한 것을 스스로 뿌듯하게 여겼는데, 아빠는 그 시간에 차라리 책을 읽으라며 꾸중을 하셔서 의기소침했던 기억이 난다.

그래도 내가 아빠의 사랑을 의심하지 않았던 것은 초등학교 저학년 때의 기억 때문이다. 우리 가족이 지하철을 타고 있는데 내가 열차에 오르려는 순간 문이 닫혔다. 플랫폼에 나 혼자 남았다. 항상 침착하시던 아빠의 얼굴빛이 사색이 되더니 지하철 안에서 나를 향해 "지금 자리에 그대로 있으라"고 고래고래 소리를 지르셨다. 십여 분 후 아빠가 땀에 흥건히 젖어 날 찾아오셨다. 나는 그토록 넋이 나간 아빠의 모습을 본 적이 없다.

그 사건 이후로 내 앞에는 항상 오빠나 엄마가 배치되고 뒤엔 아빠가 따라오셨다. 심지어 겨울 등산을 할 때도 오빠를 앞장세워 길을 트게 하고 아빠는 내 뒤를 따라오곤 하셨다.

대학 때부터는 그래도 아빠와 대화를 하기 시작했지만, 그래봤자 고작 서로의 안부를 묻거나 중요한 일을 의논하는 수준이었다. 둘이서만 여행을 왔다고 없던 친근감이 갑자기 생겨나는 것도 아니어서 우리 사이엔 일정 수준의 격식이 유지되고 있었고, 기내에서 꿈꾸던 다정한 부녀의 모습은 우리에겐 처음부터 무리라는 것을 깨달았다.

더는 그때의 아빠가 아니다

지금은 그저 딸인 내가 아빠에게 맞추는 게 옳다는 생각으로 짐짓 밝은 표정을 지어 보이기도 했지만 아빠는 내 속마음을 짐작하시는 눈치였다. 냉랭한 공기가 흘렀다. 다음 날 호텔 근처에서 간단한 아침식사를 한 뒤, 아폴리네르와 로랑생이 처음 만났다는 몽마르트르로 가기 위해 인근 지하철역에 도착할 때까지도 우리 부녀는 서로 말이 없었다.

몽마르트르는 파리 북쪽의 18구에 위치해 있다. 역 안은 사람들로 붐비고 있었다. 아빠와 나는 그곳에 설치된 매표기 앞의 사람들 줄 뒤에 섰다. 차례가 되어 일회용 표를 사려고 하자 아빠가 불쑥 말을 건네신다.

메트로역에서 표를 사고 있는 손님들 ©강재인

"정기권이 경제적이지 않을까?"

나는 아빠에게 뻗대고 싶은 마음이 있었다.

"우리가 파리에 있는 날이 모두 6일인데, 어제 하루는 지나갔잖아요."

"그래도."

"베르사유는 파리가 아니니까 거기서 하루를 빼면 4일. 그리고 마지막 날은 짐 갖고 공항으로 나가야 하니까 파리 시내는 정작 3일뿐이에요. 또 계단을 오르락내리락해야 하는 지하철만 내내 타시는 것도 무리잖아요."

"그런가?"

아빠가 한발 물러나셨다. 나는 내 고집대로 1회용 표를 두 장 샀다. 소매치기를 조심해야 한다는 말을 들은 일이 있어 핸드백을 앞에 거는 형태로 지하철을 탔다. 파리의 메트로는 서울의 지하철보다 내부가 좀 좁아 보였다.

옆자리에 앉은 나에게 아빠가 다시 말을 건네신다.

"너하고 지하철을 같이 타는 것도 오랜만이구나."

고개를 돌려 아빠 얼굴을 바라보니, 땀에 흥건히 젖어 뛰어오시던 내 어릴 적 아빠의 큰 모습은 사라지고 딸의 눈치를 살피시는 노인의 모습이 스치는 것이다. 방금 작은 주도권 싸움에서 승리했던 나는 이내 후회의 물결에 휩싸이고 말았다.

'역에서 내릴 땐 아빠에게 팔짱이라도 껴드려야지.'

몽마르트르에 있는 아베스역 앞 풍경 ©강재인

이제까지 가졌던 마음을 버리고 완전히 달라진 상태를 심기일전이라 하던가. 나는 완전히 새로운 기분이 되어 메트로 12호선의 아베스Abbesses역을 아빠와 함께 빠져나왔다. 지상으로 올라서자마자 보이는 예사롭지 않은 모양의 철과 유리로 만든 날렵한 출입구 구조물은 1900년 파리 지하철이 개통되었을 때 아르누보Art Nouveau의 거장인 건축가 엑토르 기마르가 설계한 작품이라고 한다.

사랑해 벽 ©강재인

파리에서 만난 한글… '사랑합니다'

출입구 뒤쪽 작은 공원에는 SNS에서 많이 보았던 '사랑해 벽Le mur des je t'aime'이 있었다. 나는 아빠를 재촉해서 파리 여행의 대표적인 포토존 중 하나인 3층 건물 벽 앞으로 다가갔다. 총 250개 언어로 '사랑한다'는 말을 적어 넣은 612개의 타일들이 벽면에 붙어 있었다. 수많은 각국 글자들 속에서 내가 발견한 한글은 벽면 오른쪽 맨 위에 있는 '나는 당신을 사랑합니다'였다. 다만 한글을 모르는 프랑스 미장이가 '나는'이란 글자가 적힌 타일을 거꾸로 붙여놓아 얼른 눈에 들어오지를 않았다.

"키 높이 중앙에서 약간 오른쪽."

이번엔 아빠가 외치셨다. 거기에 '사랑해'라는 한글이 적혀 있었고 다시 키 높이 오른쪽 맨 끝부분에 '나 너 사랑해'라는 한글이 적혀 있었다. 그렇게 벽면 위에 한글이 쓰인 곳은 모두 세 군데였다.

이웃나라의 글자를 안 볼 순 없지. 세로로 적혀 눈에 띄는 일본어는 '愛しています(사랑하고 있습니다)' '大好き(참 좋아)'와 가로 글씨의 '君が好きだ(네가 좋다)' 등 역시 세 군데였다. 벽이 설치될 때는 아직 중국인 관광객이 없던 시절이라 그랬는지 '我愛你(너를 사랑한다)'란 대만 번체가 한 군데 보일 뿐이었다. 아빠는 지금처럼 중국인 관광객이 많이 오는 시점에 저 벽이 설치되었다면 '我愛你'란 번체 대신에 '我爱你'란 간체가 쓰였을 것이라고 추리하셨다.

잠깐 낱말 찾기 비슷한 시간을 가진 우리는 몽마르트르로 발길을 돌렸다. 방향을 알리는 표지판들이 보인다. 하지만 그걸 보지 않아도 위쪽으로 향하는 길을 택하기만 하면 어느 길이나 몽마르트르 정상으로 올라가게 되어 있었다. 평일 아침인데도 우리 같은 관광객들이 많았다.

지하철의 통로 벽에 붙어 있던
'퓌니퀼레르' 안내 표지판 ©강재인

"언덕이네요."

"언덕이지. 산이 많은 한국에서 보자면 언덕이지만 평지인 파리에선 엄연히 산이다. 그래서

불어로 '퓌니퀼레르'라 불리는 케이블열차 ©강재인

몽마르트르 앞에 산이란 뜻의 몽Mont 자를 붙인 게 아닐까?"

"해발 129미터면 남산의 절반쯤? 역시 언덕이네요. 아빠, 힘드시면 케이블카를 타실래요?"

지하철의 통로 벽에 붙어 있던 '몽마르트르의 퓌니퀼레르Funiculaire de Montmartre'라는 표지판이 생각났던 것이다. 편의상 케이블카라 했지만 사실은 줄에 매달려 가는 케이블카Téléphérique가 아니라 궤도를 타고 올라가기 때문에 불어로 '퓌니퀼레르Funiculaire'라 부르는 케이블 철도Cable Railway였다.

아베스역 앞에서 왼쪽으로 난 이본느르탁로Rue Yvonne le Tac를 6분쯤 걸어가다가 왼쪽으로 돌아서니 케이블 철도역이 보였다. 나는 아빠와 함께 그 열차를 타고 언덕을 올라갔다. 나로서는 이제부터가 진짜 파리 여행이 시작되는 것이라 들뜬 마음을 감출 수가 없었다.

04
사크레쾨르 대성당과 갈레트 풍찻간

사크레쾨르 대성당에서 나눈 몽마르트르 이야기

몽마르트르로 올라가는 퓌니퀼레르 안의 승객은 우리 말고 몇 명 되지 않았다. 언덕 위에는 로마 비잔틴 양식의 웅장한 건물로 파리 어디서나 보이는 사크레쾨르 대성당Basilique du Sacré-Cœur이 자리 잡고 있었다.

에펠탑에 이어 두 번째로 인기 있는 명소라는 이 성당은 프랑스가 유럽의 주도권을 놓고 프로이센(독일)과 벌인 보불전쟁에서 패하고 다시 파리코뮌과 피비린내 나는 내전을 치룬 상처를 잊고 새 희망을 찾기 위해 파리 시민들이 성금을 모아 지은 건물이다.

정면 천장에 두 팔을 벌린 예수의 승천 그림이 인상적인 내부를 구경하고 나서 나는 다른 관광객들처럼 대성당 앞의 계단에 아빠와 나란히 앉았다. 탁 트인 파리 시가지가 한눈에 들어온다. 높낮이 없이 일정한 높이의 지붕만 이어지는 시가지의 모습은 단조로워서 그런지 그렇게 아름다워 보이지 않았지만, 아빠와 나란히 붙어 앉은 그 순간이 내

사크레쾨르 대성당 ©강재인

사크레쾨르 대성당 내부 ©강재인

대성당 앞 계단에서 내려다본 파리 시가지의 모습 ©강재인

겐 소중하게 느껴졌다. 유치원? 초등학교? 그 뒤론 처음이었으니까.

"몽은 산이고 마르트르는 순교자를 뜻하는 영어의 마터martyr와 같은 단어죠?"

딸의 마음이 통한 것인지 아빠는 손을 꼭 잡으며 대답하셨다. 몽마르트르의 호칭은 순교자의 산이란 뜻을 지닌 Mons martyrium이란 라틴어에서 유래했는데, 생 드니라는 가톨릭 주교가 서기 250년 순교한 곳이기 때문에 그런 이름이 붙여진 거라고.

바로 그런 이유로 몽마르트르에 수녀원이 세워졌던 모양이다. 아까 내가 내린 아베스역의 아베스abbesse나 그 부근에 있는 아베스 광장의 아베스도 한때는 이곳에 설치되었던 수녀원의 흔적을 반영한 단어다. '수녀원장'이란 뜻의.

"이상해요. 순교자의 산 위에 수녀원이 지어지고, 다시 사크레쾨르 대성당이 세워지고…."

"살다 보면 땅에도 그런 운명 같은 게 있나 보더라. 한때는 이 일대가 다 밀밭이었다는데…."

"수녀원은 프랑스대혁명 때 파괴되었고, 수녀원에서 경작하던 밀밭이나 야채밭도 모두 사라졌는데, 어떻게 이곳이 프랑스 현대예술의 발상지가 된 거예요?"

아빠는 도심과 다름없이 집들로 꽉 들어찬 일대를 내려다보며 말씀하셨다.

"집값 때문이다."

"네?"

"서울도 그러지 않았냐? 도시 재정비로 서민들이 외곽으로 밀려나는. 그와 똑같은 젠트리피케이션gentrification이 파리에선 1854년에 일어났던 거야. 당시 파리 시장인 오스만 남작이 구불구불한 골목길과 허름한 집들을 모조리 부수면서 도심 땅은 전부 부자들 차지가 되고 서민들은 변두리 달동네로 쫓겨나게 된 거지. 그 달동네가 바로 지금의 몽마르트르다. 그때 가난한 예술가들도 서민들을 뒤따라 이 달동네에 삶의 웅지를 틀었다는 얘기야."

"지금도 차고나 창고 또는 버려진 공장지대에 예술가들의 창작공간이 만들어지는 일이 많아요."

"하긴 예술이 당장 돈 되는 일은 아니니까. 헌데 인구 유입으로 집들이 자꾸 늘어나면서 밀밭이 줄어드니 풍찻간 일감도 줄어들게 되었지. 그러자 방앗간 주인 한 사람이 아이디어를 짜냈어. 방앗간 부속건물을 개조해 싸구려 여관 겸 음식점을 열기로. 거기서 자신만의 레시피로 둥근 케이크, 곧 갈레트를 구워 팔기 시작했는데, 이 갈레트가 맛있다는 소문이 나면서 사람들이 몰려들자 상호를 아예 '갈레트 풍찻간'으로 바꾸었지. 그리고 주말이면 앞마당에서 무도회를 열었어. 열 명도 넘는 악사들이 흥겨운 음악을 연주하는 가운데 좋은 옷을 차려입은 청춘남녀들이 이 무도장에 와서 당시 유행하던 왈츠를 추거나 담소를 나누면서 즐거운 한때를 보내곤 했지."

"그럼 그게?"

내가 짚이는 게 있다는 듯이 말하자 아빠가 눈빛을 빛내셨다.

"그래, 바로 그 풍경을 화폭에 담은 것이 르누아르의 〈갈레트 풍찻간의 무도회Bal du Moulin de la Galette〉야. 그 장소로 가볼까?"

나는 앞장서시는 아빠를 뒤따랐다.

아빠의 이야기

갈레트 풍찻간의 무도회

사크레쾨르 대성당 뒤쪽으로 돌아가서 아래로 내려가니 카페들이 보이고, 그 앞쪽에 이젤을 빽빽이 세운 무명 화가들이 자리 잡고 있는 테르트르 광장Place du Tertre이 나타났다.

관광객의 초상화를 그려주는 화가들과 에펠탑 등의 파리 풍경화를 파는 장사꾼들 사이에 흘러간 샹송을 연주하는 거리의 악사도 있었

테르트르 광장 ©강재인

커다란 풍차만 남은 현재의 갈레트 풍찻간 ©강재인

다. 지금은 관광객에게 그림을 파는 상업적 현장으로 변해 광장 본래의 모습이 사라진 게 아쉬웠지만, 그럼에도 우리는 지난날 거리 어딘가에서 그림을 그리던 르누아르나 드가를 떠올리면서 그림 속의 행인이 되어보기도 하고, 에디트 피아프를 흉내 내는 샹송 가수의 보헤미안적 풍취에 잠기는 여로의 낭만을 잠시 누려보기도 했다.

광장을 지나 르픽로Rue Lepic로 내려가니 한 무리의 관광객들이 핸드폰을 꺼내들고 왁자지껄 사진을 찍고 있었다. 오른쪽에 흰색의 5층 건물이 있고, 그 옆 나뭇가지에 가린 커다란 풍차가 보이고, 흰 색칠을 한 아치형 정문에는 'Le Moulin de la Galette(갈레트 풍찻간)'라고 쓰인 글씨가 보였다.

르누아르의 〈갈레트 풍찻간의 무도회〉,
1876년 작, 오르세미술관 소장 ©Wikimedia Commons

"여기죠?"

딸이 물었다. 내가 고개를 끄떡이며 핸드폰 갤러리에서 찾은 〈갈레트 풍찻간의 무도회〉를 보여주자 딸이 주변을 둘러보며 다시 물었다.

"그림에 나오는 풍찻간 앞마당은 어디에요? 무도장에서 춤추는 남녀가 수십 명은 되어 보이는데요. 위치로 보면 저 흰색 5층 건물자리가 아니었을까요?"

"아무래도 그런 것 같지?"

나는 엇갈려 있는 딸과 내 렌즈의 핀트를 맞추려고 부단히 노력하고 있다는 것을 자각하고는 조금 멋쩍은 생각마저 들었다.

"〈갈레트 풍찻간의 무도회〉에 그려진 사람들은 나뭇잎 사이로 떨어지는 햇볕을 눈부시게 바라보는 것 같고 옷에 떨어진 빛도 반점처럼 아른거려요. 낮이었다는 얘기죠?"

"그래, 해가 움직이면서 나타나는 변화, 대기의 톤과 빛의 흐름이 느껴져. 그러니 아직 태양이 찬란한 오후 서너 시쯤이었을 거야. 모두들 잘 차려입고 걱정근심이라곤 조금도 없는 행복한 표정들이지?"

딸은 르누아르의 그림 속에 나오는 무도장의 분위기를 현실의 갈레트 풍찻간에 적용시켜보는 포즈를 취했다. 그림에 등장하는 주요 인물들은 모두 르누아르의 실존했던 친구들인데, 춤추며 흥겨운 분위기를 즐기던 르누아르와 그 일행의 모습을 떠올리는 우리도 그림 속의 그들 일행이 된 것 같았다. 음악도 그렇지만 그림은 때로 우리를 행복하게 해준다. 예술의 힘이다. 그 힘으로 딸과 나 사이의 칸막이마저 사라진 느낌이었다.

"서민들이 일을 안 하고 대낮에 무도회를 갖는다고요?"

"그래서 주말이었을 것으로 추정하는 거야. 정말 서민들의 즐거운 오후 한때를 그린 걸작이다. 보고 있으면 내가 행복해지는…."

"당시는 인상파 화가가 대세였죠?"

"그래, 파리 사람들의 생활을 정확하게 반영한 르누아르, 그리고 파리의 생활상에서 주제를 찾아 신선하고 화려한 색채감으로 근대감각을 표현한 에드가 드가Edgar Degas 등이 19세기 말 몽마르트르에서 활동한 대표적 화가들이야. 말하자면 그들이 몽마르트르의 제1세대였던 셈이지."

"그럼 제2세대는 누구예요?"

"답의 열쇠는 풍차다. 르누아르를 위시하여 고흐, 로트레크, 동겐, 위트릴로 등 풍차를 그린 화가가 많았지. 한때는 풍찻간이 14군데나 있었다니까. 모두 사라지고 지금은 도심이나 다름없는 건물들로 들어찼지만 여기가 밀밭이었음을 알려주는 풍차가 상업적으로는 아직도 두 군데 존속하고 있는데, 하나가 여기 있는 이 낮의 갈레트 풍찻간이고, 다른 하나가 밤의 풍찻간인…."

"물랭루주Moulin Rouge!"

딸이 나지막이 외쳤다.

"하하, 그럼 다음 행선지는 저절로 정해진 셈이구나!"

딸이 즐거워하는 표정을 보고 나도 한결 가벼운 마음이 되어 물랭루주가 있는 언덕 아래로 발걸음을 옮기기 시작했다. 언덕을 내려가는 관광객들의 모습이 점점 늘어나고 있었다.

05
물랭루주의 성공 주역, 무희들의 최후

밤의 풍찻간, 물랭루즈

밤에 보아야 더 아름답게 보인다는 끌리쉬대로Boulevard de Clichy 변의 물랭루주는 낮에 보아도 상호의 뜻처럼 '붉은 풍찻간'의 탑과 풍차가 꽤 선정적으로 보이는 극장식 카바레였다. 붉은 풍차가 돌아가는 모습이 밤에도 보이도록 네온사인이 덧붙여져 있었다.

연 60만 명의 관객이 들어온다는 물랭루주의 공연시간은 밤 9시부터인데 입장료가 174유로로 만만치 않은 편이었다.

"보시겠어요?"

내가 묻자 아빠는 고개를 저으셨다.

"아니다. 지금은 낮이고 비도 오는 모양이니 어디 가서 커피나 한잔 하자꾸나."

후두둑 후두둑 빗방울이 떨어졌다. 몽마르트르를 찾는 관광객 대부분이 외국인이니까 상호를 아예 영어식의 '퀵Quick'으로 붙인 식당도 있

MOULIN ROUGE
By the Mill
MACHINE
CONCERTS CLUB
LOUVRE LINGE

물랭루주 ©강재인

었다. 불어만 고집한다는 주장도 옛말이 되었나 보다. 다리도 아프고 하여 우선 물랭루주의 길 맞은편에 있는 스타벅스에 들어가서 커피를 시켰다.

"몽마르트르의 1세대 터줏대감이 르누아르였다면 2세대 터줏대감은 앙리 드 툴루즈-로트레크Henri de Toulouse-Lautrec였는데 누군지 기억나니?"

커피를 마시던 아빠가 물으셨다.

"들어본 것도 같아요."

물랭루주 포스터를 그린 로트레크

키가 작았던 화가 로트레크
©Wikimedia Commons

아빠는 내가 잘 모른다는 걸 눈치 채셨는지 자세한 설명을 해주셨다. 프랑스 남부지방의 명문 귀족 아들로 태어난 로트레크는 10대 때 사고로 뼈가 바스러지는 바람에 하반신 성장이 멈춰 키가 152센티미터밖에 자라지 않는 몸이 되고 말았다. 원래는 승마를 좋아했지만 몸이 그렇게 된 뒤로는 집에서 혼자 그림을 그렸고, 아버지는 그런 아들의 존재를 세상에 숨기고 싶어 했다. 이에 가출을 결심한 로트레크는 파리로 올라온 뒤 가난한 예술가와 소외 계층의 터전이었던 몽마르트르 언덕으로 들어오게 되었다는 것이다.

"그게 언제쯤이었어요?"

"1880년대 초."

신체적 결함이 있거나 인생 낙오자들이 모여 사는 가난한 동네에서 로트레크는 네덜란드 출신의 화가 반 고흐와 만나 친해졌고, 고흐의 절친인 화가 에밀 베르나르와도 가까이 지냈다. 그와 동시에 이곳 술집을 중심으로 매춘부나 무희, 술집 웨이터 등 하층민들과 사귀면서 세심한 눈으로 그들을 찾는 손님들까지 관찰한 내용을 화폭에 담기 시작했다.

뒤로는 어머니의 경제적 후원이 있어 주변 사람들에게 술도 자주 사고 씀씀이도 컸던 이 키 작은 화가는 마을 인심을 얻으면서 자기도 모르는 사이에 몽마르트르의 명사가 되었다. 그러다 1899년 물랭루주가 개점할 때 가게 주인으로부터 광고용 포스터를 의뢰받게 되었다.

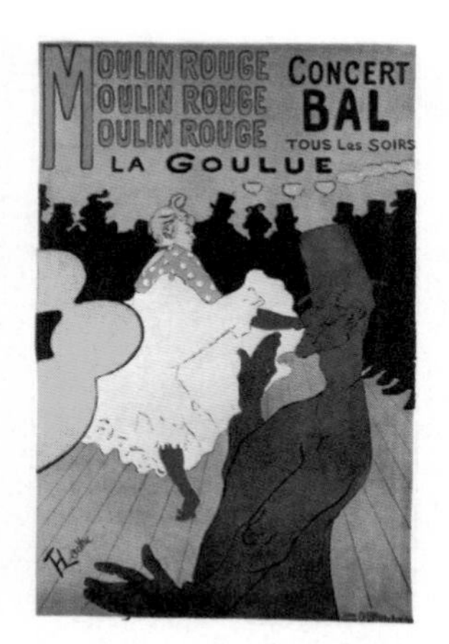

물랭루주의 춤추는 라굴뤼를 그린 로트레크의 광고용 포스터
ⓒWikimedia Commons

이에 로트레크는 고흐 때문에 알게 된 일본의 풍속화 우키요에浮世絵의 생략적인 특성이나 드가로부터 배운 감각적 기법을 이용해 무도회의 손님들은 모두 실루엣으로 처리하고 중앙에 한쪽 다리를 번쩍 들어 올리는, 그래서 속치마가 들여다보이는 무희의 모습만 부각시키는 간략하면서도 인상적인 장면을 한 장의 그림에 담았다.

당시로선 혁신적인 이 그림이 거리에 나붙자 파리 시민들은 열광했고 물랭루주는 대성공을 거두었다. 수집가들은 벽에 붙은 포스터를 떼어가려고 혈안이 되었다. 이렇듯 단 한 장의 그림으로 자신의 진가를 알린 로트레크는 고향의 어머니에게 서둘러 편지를 보낸다.

"어머니, 오늘 제 그림이 파리의 거리에 나붙었습니다. 곧 새로운 작품도 그리게 될 거예요."

모자의 사랑은 동서고금이 같나 보다. 어머니는 신체적 결함이 있는 아들을 사랑했고, 아들은 자신의 성공을 누구보다 먼저 어머니에게 알려드리고 싶었던 거다. 상업용 포스터를 예술의 경지로 끌어올렸다는 평가를 받았던 그 사진을 확대해보며 내가 물었다.

물랭루주 성공 주역들의 인생

"포스터에 그려진 무희가 당시 유명했다는 라굴뤼La Goulue죠?"

"그렇지. 그 여자 사진이 있다."

아빠는 핸드폰 갤러리에서 라굴뤼의 사진을 꺼내 어떻게 생긴 여자였는지 보여주셨다. 발을 번쩍 들어 올린 라굴뤼의 얼굴은 예쁜 것 같았으나 키는 그렇게 크지 않았다.

"그래, 지금도 프랑스 여자는 키가 그렇게 큰 것 같지 않더라."

물랭루주의 인기 무희였던 라굴뤼
©Wikimedia Commons

물랭루주의 히로인이었던
제인 아브릴
ⓒWikimedia Commons

〈우산〉, 르누아르, 1883년 작.
왼쪽 여자가 쉬잔 발라동
ⓒWikimedia Commons

"캉캉춤 아네요? 발을 번쩍 들어 올린 포즈는? 제인 아브릴Jane Avril도 유명했다면서요?"

"알고 있었구나. 아브릴 사진도 있다."

"몸이 호리호리하네요?"

"물랭루주의 두 히로인이었지. 인기가 높으니 돈도 벌었던 모양이야. 이에 라굴뤼는 물랭루주를 그만두고 자기 사업을 시작했지. 하지만 실패한 뒤 술에 절어 살다가 몽마르트르로 다시 돌아왔어. 그리고 인근 길가에서 담배와 땅콩을 팔다 죽었다는데, 그녀가 왕년에 캉캉춤의 대명사였다는 것을 알아본 사람이 아무도 없었다더라."

"제인 아브릴은요?"

"라굴뤼의 자리를 이어받아 물랭루주의 새 여왕이 된 아브릴은 결혼을 했지. 하지만 불행한 결혼생활로 나중엔 요양원에서 쓸쓸히 생을 마감한 모양이더라."

"쉬잔 발라동Suzanne Valadon이란 여자도 있지 않았어요?"

"있었지, 몽마르트르의 뮤즈라고 불리던 쉬잔 발라동이 르누아르나 드가의 모델 노릇을 시작한 건 열다섯 살 때부터였어. 이것 좀 볼테냐?"

아빠가 핸드폰 갤러리를 클릭해 보여주신 그림은 나도 인상파 화집 어디선가 본 기억이 있는 작품이었다.

"이건 르누아르 작품 아녜요?"

"그래. 르누아르의 〈우산Les Parapluies〉이란 작품인데, 맨 앞에 바구니를 든 여자가 바로 쉬잔 발라동이야. 나중엔 로트레크의 모델 노릇도 했는데, 그녀가 로트레크의 마음에 불을 질렀던 건 사실인 모양이야. 묘한 건 유일한 사랑이었음에도 발라동의 청혼을 거절한 것이 오히려 로트레크 쪽이었다는 거지."

"왜 그랬을까요?"

"글쎄, 신체적 결함 때문이었을까? 험난한 운명을 헤쳐온 발라동이나 신체적 결함을 지닌 로트레크는 소외되었다는 점에서는 서로 연민의 정을 나눌만 했지만 남녀 간의 일이란 두 사람밖에 모르는 거니까. 하지만 모델 노릇을 하던 쉬잔 발라동은 어깨너머로 배운 솜씨로 나중엔 여성 최초로 프랑스 국립예술협회에 이름을 올린 화가가 되었지. 자식 또한 저명 화가가 되었는데 모리스 위트릴로Maurice Utrillo가 바로 그 아들이야."

"아, 위트릴로가 발라동의 아들이었군요."

"미혼모로 낳은 아들이었지. 아버지가 누군지 밝히지를 않았어. 어려운 환경이었겠지. 하지만 출발은 힘들었어도 발라동의 끝은 괜찮았고, 출발은 화려했는데도 라굴뤼나 아브릴의 끝은 비참했거든. 그러니 인생이란 알 수가 없는 거다."

"그런 차이는 삶에 대한 태도에서 오는 걸까요?"

"그런 해석도 가능하겠지. 하지만 누군들 나름대로는 최선을 다해

살지 않았을까? 열매가 달랐을 뿐이지. 흠… 그런 것도 시간이 지나면 다 사라진다. 인생의 4계절이 끝나면 새로운 세대가 시작되는 거니까."

"새로운 세대?"

"몽마르트르의 1세대 터줏대감은 르누아르였고, 2세대 터줏대감은 로트레크였지. 하지만 시간이 지나면 그들을 이은 3세대 터줏대감이 나타나게 되는데 누군지 알겠어?"

"…혹 피카소?"

"하하, 잘 아는구나. 그럼 이제부터 아폴리네르와 로랑생이 만났다는 피카소의 아틀리에로 가볼까?"

자리에서 일어난 나는 핸드백은 앞으로 메고 아빠 배낭은 등에 멘 뒤 아빠가 일어나시도록 손을 잡아드렸다. 비를 맞아 머리카락이 달라붙은 유리창 속의 내 모습은 스타일리시한 파리지엔느와 거리가 멀어졌지만, 그래도 이런 대화를 통해 우리 부녀가 서로에게 한걸음씩 다가간 게 아닐까 하는 생각에 가슴은 뿌듯했다. 밖으로 나오자 비는 이미 그쳐 있었고, 들어올 때 고양이가 비를 피하고 있던 밴트럭도 어디론가 사라지고 없었다.

06
피카소를 만나러 가다

바토라부아르의 피카소 사단

'미라보 다리'라는 시로 유명한 아폴리네르가 몽마르트르의 뮤즈인 화가 로랑생을 만났다는 피카소의 아틀리에는 몽마르트르의 라비냥로 Rue Ravignan 13번지에 있었다고 안내서들은 전한다. 그러나 막상 그곳에 가보니 라비냥로 13번지는 존재하지 않고, 실제 있는 것은 에밀구도 광장Place Émile Goudeau 13번지였다. 헷갈리게 만든 것은 그 번지 다음에 세워진 빌딩이 무슨 호텔로 되어 있었다는 점이다.

그래서 나는 광장 맞은편 가게에 가서 영어로 피카소의 아틀리에가 있던 바토라부아르Bateau Lavoir 건물에 대해 물어보았으나 잘 모르는 듯했다. 이상한 점은 파리 어디서나 보이는 관광객 모습이 여

에밀구도 광장 13번지 ©강재인

바토라부아르 외관 ©강재인

기선 별로 보이지 않았고, 옆을 지나가던 한 무리의 미국인 관광객도 눈길을 주지 않은 채 밑으로 내려갈 뿐이었다. 39년 전 이곳을 방문한 일이 있는 아빠가 기억을 더듬으며 말씀하셨다.

"여긴가 보다."

가서 보니 짙은 녹색 칠을 한 출입문과 그에 잇달린 커다란 진열장 위에 'Le Bateau Lavoir'란 글자가 쓰여 있었고, 진열장 밑쪽에는 '몽마르트르 박물관'이란 글씨가 작게 쓰여 있었다. 더구나 출입문 오른쪽에는 건물의 유래를 알리는 '파리의 역사Histoire de Paris–바토라부아르'라는 사적 푯말도 세워져 있었다. 벽을 보니 역시 에밀구도 광장 11번지였다.

"원래 건물은 1970년 화재로 없어졌고, 지금 보는 건물은 복원한 거다. 예전 것보다 훨씬 쾌적하게."

"바토라부아르는 '빨래 배'라는 뜻이죠?"

대학 때 불어를 약간 배운 내가 조심스레 물었다.

"그래. '세탁선'이라 번역한 책도 있다. 본래는 피아노 공장이었다는데 이곳에 살던 시인 막스 자코브가 낡고 흉한 건물이 센 강에 정박해 빨래를 하던 배, 곧 세탁선을 닮았다고 해서 그런 별명을 붙였다더라."

"그럼 막스 자코브가 이곳에 먼저 살고 있었군요."

"무슨 전시회에서 만나 의기가 서로 투합했던 모양이야. 스페인에서 올라와 거처가 없던 피카소를 단칸방에 데려와 일인용 침대를 나눠 사용하면서 어려운 시절을 보냈다더라."

"결국 피카소도 이곳에 둥지를 틀게 된 거네요?"

"그런 셈이지. 바스크 출신의 화가 파코 두리오가 귀국하면서 넘겨준 방을 인수 받았다거든. 월세 15프랑에."

그 시점이 1904년이다.

당시 바토라부아르엔 셋방을 얻어 사는 시인과 화가들이 많았다고 한다. 이를테면 바다를 주테마로 그리던 화가 막심 모프라, 네덜란드에서 온 화가 키스 반 동겐, 시인 앙드레 살몽, 스페인에서 온 입체주의 화가 후안 그리스, 시인 피에르 르베르디, 이탈리아에서 온 화가 아메데오 모딜리아니, 큐비즘의 창시자인 조르주 브라크, 야수주의의 창시자인 앙리 마티스 등이 다 이 건물에 살았다.

피카소가 살았던 20세기 초의 바토라부아르
ⓒWikimedia Commons

"하필 왜 이 건물이었을까요?"

"이유는 간단하다. 이 사진 좀 봐라."

아빠는 피카소가 살았던 20세기 초의 바토라부아르 사진을 보여주셨다. 다 쓰러져 가는 낡은 건물이다. 그러니 월세도 쌌을 것이다. 하지만 그들의 열정과 정신세계만은 높았다. 그 무렵 이탈리아에서 건너와 합류한 아폴리네르는 피카소의 작품을 보고 이렇게 평가했다.

"부정할 수 없는 피카소의 재능은 감미로움과 끔찍함, 비참함과 섬세함을 적절히 배합한 환상을 불러일으킨다."

미술사에서 가장 혁신적인 화가로 피카소를 꼽는다면 그의 그림을 높이 평가한 아폴리네르는 현대시의 혁신가였다. 한 살 차이인 두 사람은 서로 죽이 맞았던지 날마다 함께 지내다시피 했다.

그러던 어느 날 아폴리네르는 피카소의 아틀리에를 방문한 여류 화가 지망생 마리 로랑생에게 눈길이 갔다. 데생학교에서 만난 화가 조르주 브라크가 그녀를 데리고 온 것이다. 눈이 크고 코와 입술의 선이 뚜렷한 그녀가 마음에 들었으나 아폴리네르는 아무런 표현도 하지 못했다. 그러나 자크 라피트로의 갤러리에서 다시 만났을 때 그는 옆에 있던 피카소에게 눈짓해 로랑생을 정식으로 소개받는다. 이를 계기로 아폴리네르는 연애편지를 보내기 시작했다.

"오, 마리! 이제부터 나는 당신의 발아래 무릎을 꿇고 '사랑한다'고 외치고 또 외치면서 살아가는 운명이 되겠지요."

이 무렵 스물세 살의 피카소에게도 애인이 생겼다. 페르낭드 올리비에라는 동갑내기 프랑스 처녀였는데, 키가 크고 용모가 매혹적인 그녀는 피카소의 모델 겸 불어 선생 노릇을 하다 그와 동거생활에 들어가게 되었다.

바토라부아르에 살고 있었던 1908년경의 피카소
©Wikimedia Commons

살림을 차린 곳은 피카소

의 허름한 아틀리에. 질투심 많은 피카소는 그녀의 단독외출을 허락하지 않고 자신과 함께 붙어 다니도록 했다. 그래서 식당이든 술집이든 항상 붙어 다니는 이 커플의 모습을 보고 사람들은 오히려 부러워했다고 한다.

한동안 우울증에 빠져 겨울처럼 쓸쓸하고 절망적인 청색만을 고집하던 피카소의 화풍이 '청색 시대'에서 '장밋빛 시대'로 바뀐 것도 밝고 쾌활한 성격의 올리비에 때문이었다. 현대 미술사에서 최초의 입체주의 작품으로 평가받는 〈아비뇽의 처녀들Les Demoiselles d'Avignon〉의 모델이 되어준 것도 올리비에였다.

피카소 커플은 아폴리네르 커플과 자주 어울렸다. 가난했지만 젊음과 사랑과 예술이 있었던 거다. 이들 두 커플의 즐거운 한때를 화폭에 담은 로랑생의 〈예술가 그룹Groupe d'artistes〉을 구입해준 사람은 미국 출신의 유태인으로 파리에 건너와 살고 있던 여류작가 거트루드 스타인이었다.

〈아비뇽의 처녀들〉, 1907년 작, 뉴욕현대미술관 소장 ©강재인

예술에 대한 열정으로 그려도 무명 화가의 그림은 잘 팔리지 않던 시대다. 그런데 자기 그림의 구매자를 처음 만나니 로랑생의 기쁨이 어떠했겠는가? 작품이 팔렸다는 건 화가로서 인정을 받았다는 뜻이다.

비슷한 사례로 앙리 루소Henri Rousseau를 들 수 있다. 먹고살기 위해 세관원으로 일했기 때문에 '세관원 루소'라는 별명으로도 불린 그는 세관을 그만두고 나이 50에 화가생활을 시작하게 되었다.

앙리 루소의 자화상, 1903년 작
ⓒWikimedia Commons

아폴리네르의 소개로 '피카소 사단'에 들어오게 된 루소는 자신이 전에 그렸던 〈여인의 초상화Portrait de femme〉란 작품을 처음으로 팔게 되었다. 잡화상에 팔린 그림 값은 단돈 5프랑. 하지만 이제 화가가 되었다는 자부심에 루소는 뛸 듯이 기뻐했다.

이를 축하해주기 위해 피카소는 당사자인 루소를 비롯해 아폴리네르와 마리 로랑생 커플, 막스 자코브와 조르주 브라크, 앙드레 살몽, 모리스 레날 등의 문인과 장 메챙저, 후안 그리스 등의 화가, 그리고 화상 다니엘 헨리 칸바일러, 거트루드 스타인 남매 등을 자기 방으로 초대했다. 방 벽엔 루소의 그림이 걸리고 그 밑에 '루소 만세'라는 글씨가 쓰였다.

일행은 와인을 마시고 춤을 추었으며, 얼큰해진 아폴리네르는 루소를 대大화가로 추켜세우는 시를 읊었다. 예술을 논하고 술을 마시며 왁자지껄 떠드는 '피카소 사단'의 중심엔 늘 피카소가 있었다. 만일 피카소가 파리에 오지 않았다면 파리가 예술의 수도가 될 수 있었을까?

쉽진 않았을 거라고 아빠는 추측하신다. 그만큼 피카소의 활약은 두드러졌고 주변에 끼친 영향력 또한 막대했다는 것이다. 부리부리한 눈에 체구가 단단한 피카소에겐 사람을 끌어들이는 묘한 흡인력 같은 게 있었다. 그 때문에 주변에는 아폴리네르 커플을 비롯한 많은 문인과 화가들이 모여들었다.

몽마르트르를 떠나는 피카소

그중에서도 특기할 만한 인물로는 로랑생의 그림을 처음 구입해준 미국의 여류작가 겸 그림 수집가 거트루드 스타인Gertrude Stein을 들 수 있다. 뒤에 하버드대학에 편입된 래드클리프대학을 거쳐 존스홉킨스 의대에 진학했던 그녀는 중도에 의사의 길을 포기하고 오빠와 함께 파리로 건너왔다. 그리고 수많은 문인 및 화가들과 교유하면서 글도 쓰고 평도 하고 미술품을 수집했다. 아빠는 그녀를 이렇게 평하셨다.

"스타인은 현대미술의 중요한 흐름을 주도하게 될 천재 화가 피카소의 재능을 가장 먼저 알아보고 그의 여러 작품들을 8백 프랑어치나 사들였던 인물이다. 이때 작품당 몇 십 프랑을 주고 산 피카소 그림이 훗날 몇 천만 달러를 호가하는 고가품이 될 정도로 뛰어난 안목을 갖고 있었던 거지."

거트루드 스타인
©Wikimedia Commons

그날 피카소는 자신의 작품이 팔린 것을 자축하기 위해 '피카소 사단'을 이끌고 라팽아질로 향했다. 호기롭게 들어간 그 술집은 지금도 솔르로Rue des Saules 22번지에 있는데, 2층 건물

라팽아질 외관 ©강재인

벽에는 배를 내민 토끼가 술병을 흔들며 냄비에서 뛰쳐나오는 그림이 그려져 있다.

캐리커처 화가 앙드레 질이 1875년에 그린 그림이다. 원래는 자기 이름을 따서 술병을 든 채 '질에게로 오는 토끼Lapin à Gill'라는 상호였는데, 그후 발음이 같은 '민첩한 토끼Lapin Agile'로 바뀌었다.

초록색을 칠한 싸리담장을 끼고 돌아가자 말라비틀어진 고목나무 밑으로 출입문이 보였다. 집 자체는 허름해도 스토리가 있는 관광 포인트라 입장료를 내야 한다. 아빠와 함께 안으로 들어가니 20세기 초엽 풍의 검붉은 실내장식에 옛날을 보여주는 사진 액자들이 죽 걸려 있었다. 입장료에 포함된 기본 음료가 한 잔씩 나왔다.

"아까 그 토끼가 들고 있던 술일까요?"

"토끼가 들고 있던 술은 당시 예술가들의 혀를 사로잡았다는 압생트Absinthe일 게다. 고흐가 마시고 자기 귀를 잘랐다는 독주인데 환각 성분이 있어 지금은 판매 금지야."

"모이는 데는 이곳뿐이었어요?"

"더 있었겠지. 물랭루주도 있고. 하지만 시간이 지나면 모든 게 변해. 그림을 팔아 경제적 여유가 생긴 피카소도 몽마르트르를 떠나거든."

"어디로요?"

"센 강 남쪽의 몽파르나스Montparnasse로. 피카소 그림을 8백 프랑어치 샀다는 거트루드 스타인 말이다. 그 여자가 살던 동네가 바로 몽파르나스야. 수많은 화가들의 그림을 한 장소에서 볼 수 있어 사상 최초의 현대미술관이었다는 평을 받은 스타인 살롱이 바로 그곳에 있어."

"그럼 다음 행선지는 몽파르나스네요?"

아빠는 고개를 끄덕이셨다.

07

피카소와 헤밍웨이를 알아본 진짜 거장, 거트루드 스타인

피카소와 헤밍웨이가 드나들던 스타인 살롱 안을 엿보다

피카소 등의 화가들이 가난을 벗어나자 몽마르트르를 떠나 정착한 곳이 몽파르나스다. 그곳은 센 강 남쪽 좌안에 있다. 파리 중심부를 동서로 관통하는 센 강 북쪽은 우리 감각으로 강북이고 남쪽은 강남이지만, 프랑스식은 그렇게 그려진 지도를 놓고 고개를 왼쪽으로 돌리면

거투르드 스타인 집, 플뢰뤼스로 27번지 ©강재인

강북은 우안Rive Droite이 되고, 강남은 좌안Rive Gauche이 된다.

좌안을 가로지르는 몽파르나스대로가 있다. 그 대로에서 위쪽으로 올라가면 뤽상부르 공원이 나오는데, 아빠와 나는 그 왼쪽 중간쯤에 있는 플뢰뤼스로Rue de Fleurus 27번지를 찾아갔다. 인근 메트로역은 생 플라시드Saint-Placide다. 칸살이가 큰 저택을 상상했던 나는 거트루드 스타인 집이 아파트였다는 것에 약간 실망했다.

가까이 다가가니 출입문이 큰 5층 아파트 벽에 다음과 같은 팻말이 붙어 있었다.

"거트루드 스타인, 1874–1946, 미국 작가.
여기서 오빠 레오 스타인 및 앨리스 B. 토클라스와 함께 살았던 그녀는
1903년부터 1938년까지 수많은 화가와 작가들을 맞았다." ©강재인

아빠와 함께 팻말을 읽어보고 있는데, 아파트 건물의 대형 철문에 난 쪽문을 열고 백인 할머니가 나왔다. 그분에게 자초지종을 설명하고

아파트 대문을 들어서면 안으로 통하는 통로가 있고, 좌측에 보이는 문이
'스타인 살롱'으로 들어가는 현관문이다. 통로 끝에는 건물
전체의 채광과 통풍을 위한 50평 정도의 옥내 정원이 보인다. ©강재인

내부를 잠깐 구경해도 되겠냐고 물으니 흔쾌히 문을 열어주었다. 그곳은 지금도 사람들이 살고 있는 아파트였으므로 외부인이 마음대로 들어가 구경할 수 있는 장소가 아니었기에 행운이었다.

대문과 같은 넓이의 널따란 통로 왼쪽 중간엔 천장 높이의 대형 현관문이 설치되어 있었는데, 현관문에 달린 유리를 통해 안을 들여다보니 집 안으로 통하는 또 다른 통로 안쪽에 응접실로 들어가는 2차 현관문이 보였다. 문이 닫혀 있어 집안 내부를 살펴볼 수는 없었지만 규모로 보아 거트루드 스타인이 살았던 아파트 내의 저택임에 틀림없다는 생각이 들었다.

아빠의 설명을 들으면, 파리 시가지는 5~7층 높이의 건물들이 도로에 면해 죽 잇대어 지어진 형태이기 때문에 단독주택은 찾아볼 수가 없다. 그렇기 때문에 대저택은 아파트 건물 1층에 큰 대문을 설치하고 그 대문을 중심으로 1층 또는 어떤 경우엔 2층까지 저택으로 사용하는 경우가 많다는 것이었다.

흥미로운 건 대문에서 안으로 들어가는 출입구 통로 끝에 50평 남짓한 옥내 정원이 따로 있다는 점이었다. 건물 전체의 채광과 통풍을 위한 공간이기도 했다. 구경하고 밖으로 나온 아빠가 말씀하셨다.

"스타인 살롱Stein Salon이라 불릴 만하더구나."

"스타인 살롱이라구요?"

"그래, 수많은 작가와 화가들이 들락거려 그런 이름이 붙었다더라. 하지만 프랑스엔 본래 '살롱문학'의 전통이 있었다. 그 전통을 스타인이 자기 스타일로 복원시켰던 셈이지."

"수많은 작가와 화가라면 구체적으로 누굴 말하는 거예요?"

"처음엔 피카소와 애인 페르낭드 올리비에, 시인 아폴리네르와 애인 마리 로랑생, 화가 조르주 브라크, 시인 막스 자코브, 화가 앙리 루소, 화가 안드레 드랭 등이었던 것 같아."

"결국 '피카소 사단'이었네요."

"그렇지. 매주 토요일 저녁에 만나곤 했다더군. 그밖에도 많아."

피카소부터 헤밍웨이까지, 거장을 만든 거장 스타인

피카소와 비슷한 시기에 살롱을 자주 드나들던 사람들 가운데는 프랑스 화가 앙리 마티스, 미국 화가 조셉 스텔라, 프랑스 작가 엘리자베스 드 그라몽, 프랑스 작가 프랑시스 피카비아, 미국 작가 밀드레드 알드리치, 미국 작가 칼 밴 벡텐 등 수백 명에 달했다.

"왜 그렇게 많이들 모인 거예요?"

"당시 스타인 살롱에 출입한다는 건 화가나 작가로서 출세를 보장받는 것이나 다름없었기 때문이지. 스타인은 벨 에포크Belle Epoque의 거장이었다고 볼 수 있어."

아빠가 말씀하신 벨 에포크란 보불전쟁 후부터 제1차 세계대전 전까지 문학·미술·공예가 꽃피었던 시절을 가리킨다.

"그렇게 대단했어요?"

"그럼, 스타인에겐 안목이 있었다. 예술적 안목이란 가치를 처음 알아보는 눈이야. 스타인 살롱 벽에는 피카소 같은 거장들의 작품이 즐비하게 걸려 있었는데, 당시 그들은 아무도 알아주지 않는 무명 화가 내지 삼류 화가에 지나지 않았거든. 오빠의 재정지원도 사람들을 그녀에게 몰리게 한 원인의 하나였고."

"아까 대문 옆 팻말에 보니 스타인 자신이 작가였던데요?"

"그렇지. 평론가이기도 했고. 하지만 단순한 평론가 차원을 넘어 작가들의 정신적 멘토이자 구루guru 역할을 했지. 파리 예술계에 막강한 영향력을 행사한 여걸이었어. 그 때문에 그녀가 살던 몽파르나스 지역으로 이사 온 예술가들이 많아."

우선 피카소가 왔다. 그가 거처를 옮긴 1910년경부터 프랑스 현대 예술의 발상지인 몽마르트르 시대가 끝나고 사실상 몽파르나스 시대

오른쪽 벽에 피카소가 그린 스타인의 초상화가 걸려 있다.
©Wikimedia Commons

가 열린다. 전부터 앙리 마티스도 스타인 살롱을 드나들고 있었다. 그가 앙드레 드랭, 모리스 블라맹크 등과 함께 벌인 야수파의 강렬한 색채 폭발이 스타인의 눈길을 끌었던 것이다. 원색의 대담한 병렬을 강조하여 강렬한 개성적 표현을 기도한 이 운동은 20세기 회화의 일대 혁명이기도 했다. 스타인은 마티스의 재능을 높이 평가했다.

이것이 독점의식이 강한 피카소의 질투심을 불러일으킨다. 어느 날 그는 스타인 살롱의 벽난로 위에 마티스의 그림이 걸린 것을 보고 분기탱천했다. 그래서 마티스보다 더 멋진 그림을 그려 스타인의 마음을 사로잡겠다는 생각으로 바친 그림이 바로 스타인의 초상화였다.

"피카소에게 그런 질투심이 있었군요."

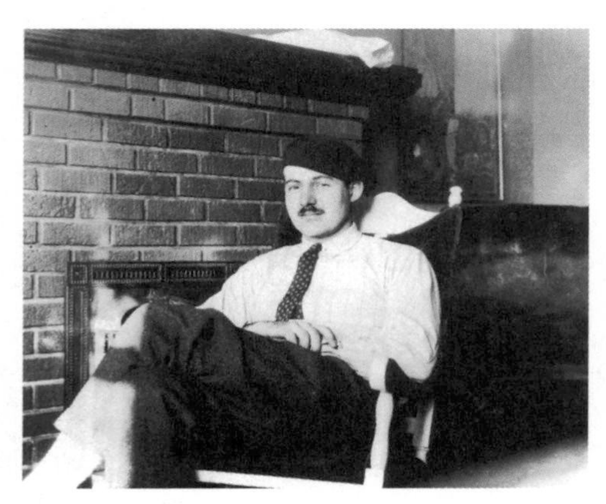

스타인 살롱을 자주 출입하던 1924년경의 헤밍웨이
ⒸWikimedia Commons

"하지만 세월은 흐른다. 1920년대로 들어서면 스타인 살롱을 출입하는 새 얼굴이 보이는데, 그중 하나가 바로 어니스트 헤밍웨이Ernest Miller Hemingway야."

"헤밍웨이라구요?"

"그래, 이거 볼래?"

아빠는 핸드폰을 꺼내 구글 드라이브에 저장해둔 헤밍웨이의 《이동축제일A movable feast》에서 발췌한 글을 보여주셨다.

> 오후 늦은 시간이 되면 따스함과 좋은 그림과 대화를 찾아 플뢰뤼스로 27번지에 들르는 습관이 이내 생기고 말았다. 그 시간대에는 손님이 없는 경우가 많았다. 스타인 여사는 늘 친절했고 오랫동안 내게

다정히 대해주었다. 내가 일하던 캐나다 신문사나 통신사를 위해 여러 가지 정치회담을 취재하고 돌아오거나 또는 근동이나 독일 출장을 다녀오면 재미난 사건을 모두 들려달라고 했다.

"자주 들락거렸나 봐요."

"그랬던 모양이야. 당시 몽파르나스 지역엔 수많은 문인과 화가들이 살았다. 여기서 가까운 마담로엔 《위대한 개츠비》의 저자 스콧 피츠제럴드 부부가 살았고, 인근 동네에 제임스 볼드윈, 리처드 라이트, 체스터 하임스, 헨리 밀러, 에즈라 파운드, 존 스타인벡, 윌리엄 포크너 등이 살았지."

"모두 미국 문인들 아네요?"

"그뿐이냐? 《고도를 기다리며》를 쓴 아일랜드 출신의 사무엘 베케트, 《율리시즈》를 쓴 아일랜드 출신의 제임스 조이스, 《황무지》를 쓴 미국 출신의 귀화 영국인 T. S. 엘리엇, 《멋진 신세계》를 쓴 영국 출신의 올더스 헉슬리도 있었다."

이야기를 나누는 동안 우리는 어느 새 뤽상부르 공원 안으로 들어와 있었다. 공원을 끼고 지어진 아파트 건물들의 위치와 모양이 마치 뉴욕 센트럴파크 옆에 지어진 아파트들과 흡사했다. 지어진 연대를 보면 뉴욕이 파리를 모방한 것임이 틀림없었다.

공원 안에는 뤽상부르 궁전이 있었고, 그 앞 대형 분수대엔 많은 젊은이들이 물장난을 하고 있었다. 멀리 잘 정비된 숲도 보인다. 휴식과 여유와 낭만이 어우러진 아름다운 공원이었다.

뤽상부르 공원에 반쯤 드러누울 수 있게 만든 정원 앞 의자에 앉아 휴식을 취하고 있는 파리 시민들. 오른쪽 뒤에 보이는 건물이 뤽상부르 궁전이다. ©강재인

아빠와 나는 반쯤 드러누울 수 있게 만든 정원 앞 의자에 앉아 남쪽으로 이어지는 숲을 바라보고 있었는데 갑자기 발밑으로 작은 공이 날아들었다. 공을 던져주자 예닐곱 살 난 남자아이가 공을 받으며 답례했다. 귀여웠다. 금발은 아니다. 그러고 보니 파리엔 금발보다 검은 머리가 더 많은 듯했다.

파리의 '잃어버린 세대'

"우리가 둘러본 스타인 살롱 말이다. 거기 드나들던 1920년대의 미국 작가들을 뭐라 하는지 아니?"

아빠가 웃으며 물으시기에 여행 전 파리에 대한 자료를 섭렵할 때 어느 책자에서 본 기억이 나서 넘겨짚었다.

"로스트 제너레이션Lost Generation?"

"그래. 그럼 왜 그런 이름이 붙었는지도?"

"뭔가 길을 잃었나 보죠?"

"길을 잃었던 건 맞지. 이거 봐라."

아빠는 구글 드라이브에 저장된 헤밍웨이 글의 다음 부분을 보여주셨다.

> 스타인 여사가 '잃어버린 세대'라는 말을 처음 사용한 것은 우리 부부가 캐나다에서 돌아와 노트르담데샹로에 살면서 아직 그녀와 좋은 관계를 유지하고 있을 때였다. 당시 그녀가 몰고 다니던 낡은 T형 포드의 점화장치가 고장 나자 수리를 맡았던 정비공은 1차 대전에 참전했던 젊은이였는데 솜씨가 없었던지 아니면 접수받은 순서대로 다른 차량부터 수리하느라고 그랬는지 곧바로 수리하지를 못했다. 그러자 스타인 여사가 항의했고 정비소 주인은 성실치 못한 젊은이가 된 그 정비공을 호되게 꾸짖었다.
>
> "자네들은 모두 Génération Perdue야."
>
> 그러자 스타인 여사가 말했다.

"맞아, 그게 자네들 모습이야. 그게 자네들 모두의 모습이라구. 자네 젊은이들은 모두 전쟁에 참가했었지. 자네들은 Lost Generation이야."

'잃어버린 세대'라는 용어가 생기게 된 배경을 그린 글이다. 정비소 주인은 Génération Perdue라는 불어로 말했고, 이 말을 받은 스타인이 Lost Generation이란 영어로 바꿔 표현한 것이다.

"여기서 유래하여 헤밍웨이를 비롯한 미국 작가들을 '잃어버린 세대'라고 하는데, 사실 그 용어는 잘된 번역 같지가 않아. 1차 대전 중 대량 살상자를 겪으면서 옛 가치관을 잃고 방황하게 된 세대라는 뜻에서 '길 잃은 세대'가 더 본뜻에 가깝지."

"근데 왜 미국 작가들은 파리에 와서 살게 된 거예요? 그것도 떼거지로."

"좋은 질문이다. 아빠도 늘 궁금해하던 점이다. 1차 대전 후 기성도덕이나 가치관을 상실하고 미국의 실업사회를 혐오해서 파리로 건너와 쾌락적이고 허무적인 생활을 했다는 것인데, 그 점을 살펴보려면 우선 시테 섬 부근의 고서점부터 가봐야 할 것 같다."

"아빠, 거기 혹 셰익스피어 앤 컴퍼니Shakespeare and Company 아네요?"

"어?"

아빠가 놀란 표정을 지으셔서 내가 웃었다. 비디오를 몇 번이고 돌려 보았던 〈비포 선라이즈Before Sunrise〉의 후속편인 〈비포 선셋Before Sunset〉이란 영화에서 남녀 주인공이 9년 만에 우연히 재회하는 운명적인 무대가 바로 셰익스피어 앤 컴퍼니 서점이다. 들꽃 향이 날 것 같은 서점 풍경이 애틋한 두 사람의 감정과 어우러져 깊은 잔상을 남겼고, 그것이 바로 내가 고민 없이 파리를 여행지로 택한 또 다른 이유이기도 했다.

08

파리의 전설이 된 서점, 셰익스피어 앤 컴퍼니

관광명소가 된 셰익스피어 앤 컴퍼니

헤밍웨이를 위시한 미국 작가들이 파리에 정착한 연유가 궁금하여 우리는 영어서적을 파는 셰익스피어 앤 컴퍼니Shakespeare and Company로 이동했다. 서점은 센 강 옆 뷔셰리로Rue de la Bûcherie 37번지에 있다. 생미셸-노트르담Saint-Michel Notre-Dame역에서 내려 걸어가니 젊은이들이 서점 앞에서 서성거리고 있었다. 그 가운데는 배낭을 짊어진 동양 학생도 보였다. 낡은 5층 건물의 1층과 2층에 자리 잡은 고서점은 사실상 관광명소가 되어 있었다.

안으로 들어가자 그다지 넓지 않은 서너 개의 방에 다닥다닥 붙은 책장들과 그 안에 빈틈없이 꽂힌 헌책들이 보였다. 빛바랜 벽지와 낡은 책장, 그리고 오래된 종이의 퀴퀴한 냄새가 도리어 반가웠던 이유는 긴 세월 변치 않고 그 자리를 지켜온 데 대한 고마움 때문이다.

관광객들을 따라 2층으로 향하는 좁은 계단을 올라가니 거기도 책장들이 다닥다닥 진열되어 있는데, 아빠가 갑자기 창가의 독서실 또는

셰익스피어 앤 컴퍼니 서점 ©강재인

낭독회장 비슷한 방으로 들어가는 출입구 위를 눈짓으로 가리키셨다. 통로 벽 위에 쓰인 표어는 "낯선 이를 홀대하지 마라, 그들은 변장한 천사들일지도 모르니Be not inhospitable to strangers, lest they be angels in disguise" 라는 내용이었다.

가슴이 뭉클해진 순간 아빠와 눈길이 마주쳤다. 같은 감동이 전해진 것이다. 문인, 작가 지망생, 인생 낙오자, 그리고 망명자들이 낯선 도시에서 지적 욕구를 채우기 위해 기웃거렸던 이 서점 2층 뒷방엔 1인용

서점 안 통로 벽 위에 쓰인 표어 ©강재인

셰익스피어 앤 컴퍼니 서점 내부 ©강재인

서점 안에 설치된 타자기 ©강재인

소형 침대도 놓여 있었다. 파리를 여행 중인 작가나 그 지망생 가운데는 돈이 떨어진 경우가 많아, 이를 딱하게 여긴 서점 주인이 여기서 잠을 잘 수 있도록 배려한 것이다.

이 전통은 미국인 조지 휘트먼에 의해 시작되었다. 그는 현재의 자리에 '르 미스트랄Le Mistral'이란 서점을 열었다가, 실비아 비치가 1919년부터 1941년까지 경영했던 서점의 이름을 이어받기로 했다. 바로 '셰익스피어 앤 컴퍼니'.

무료숙박의 조건은 2층 출입문 근처 아주 작은 공간에 놓인 타자기로 자기소개서를 간략히 쓰고, 하루에 책 한 권을 읽고, 서점의 일손이 달릴 때 조금 도와준다는 정도였다. 이런 식으로 지금까지 서점의 책들 사이에서 잠을 자고 간 작가와 그 지망생은 모두 4만 명에 달한다고 한다.

"이쯤 되면 말이다. '세 단어Shakespeare and Company로 된 한 편의 소설'이라고 조지 휘트먼이 말한 '셰익스피어 앤 컴퍼니'는 단순한 책방이 아니지. 그의 말처럼 '책방으로 변장한 사회주의 낙원socialist utopia masquerading as a bookstore'이었던 셈이야. 그런데 이 말을 한 휘트먼은 죽고 지금은 그의 딸 실비아 비치 휘트먼이 책방을 운영하고 있어."

"네? 딸 이름에 서점을 처음 열었던 실비아 비치의 이름이 들어가 있네요."

책방 구경을 마치고 밖으로 나온 내가 말했다.

"그래. 실비아 비치를 존경했었던지 딸을 낳았을 때 그 이름을 붙여 주었다고 하더라. 아빠는 말이다. 그 시절을 살아보진 못했지만 '잃어버린 세대'가 활동하던 1920년대가 묘하게 마음에 와 닿는다. 〈미드나

잇 인 파리〉를 만든 우디 앨런도 같은 기분이었을까?"

"그럼 1920년대의 셰익스피어 앤 컴퍼니로 가보시면 되잖아요. 우버를 부를까요?"

"아니, 멀지 않은 곳이니 걸어가자."

서점을 돌아 뒷골목으로 접어들자 그리스, 터키, 베트남 간이음식점들이 나타났는데, 사람들이 길게 줄을 선 곳의 간판을 보니 이탈리아 아이스크림으로 유명한 '아모리노Amorino' 젤라토 가게였다. 우연히 발걸음을 돌린 곳에 이런 집이 나타나다니 그냥 지나칠 수 있나!

나는 젤라토를 장미꽃잎처럼 담은 콘을 두 개 사서 하나를 아빠에게 건넨 뒤 실비아 비치가 서점을 열었던 장소로 발길을 옮겼다. 39년 전이면 아빠는 젤라토 대신 담배를 입에 물고 걸으셨으리라.

셰익스피어 앤 컴퍼니 서점의 특별한 경영철학

딸이 건넨 젤라토를 먹으며 걷고 있는 동안 문득 영국 〈가디언〉 지에 실렸던 '세계 최고의 서점 10곳'이란 기사가 생각났다. 1위는 그리스 산토리니 섬에 있는 '아틀란티스 서점'이었던 것으로 기억된다. 그리고 2위가 셰익스피어 앤 컴퍼니. 어떻게 저런 작고 허름한 서점이 세계 2위가 되고, 세계적 관광명소로 부상하게 된 걸까?

조지 휘트먼은 자신의 서점을 '책방으로 변장한 사회주의 낙원'이라고 말한 일이 있는데, 여기에 '사회주의'란 단어가 사용된 것을 보고 어떤 한국인은 조지 휘트먼이 공산주의자였다는 글을 쓰기도 했다. 한심한 노릇이다. 또 어떤 신문은 노잣돈이 떨어진 작가나 그 지망생들에게 잠을 재워주는 전통을 응용해 '파리에서 무료 숙박하는 법'이란 기사를 싣기도 했다. 천박한 얘기다.

39년 전 파리를 취재할 때 만난 호리호리한 몸매의 서점 주인 조지 휘트먼은 동양에서 온 내게 이런 말을 했다.

"내가 젊었을 때 대공황이 일어났소. 대학은 졸업했지만 취직도 안 되고 해서 답답한 마음에 무전여행hobo adventures을 시작했거든. 히치하이크나 기차 무임승차를 하면서 미국을 종단하고 멕시코를 거쳐 중미를 여행했는데, 어딜 가든 사람들이 다 친절하고 너그러운 거요. 시절이 엄청 어려웠는데도 말이지. 어떤 면에서 우린 다 홈리스(노숙인)이고 방랑자인 거요. 셰익스피어 앤 컴퍼니의 경영철학을 물었소? 간단하오. 이 책방 경영철학은 내가 무전여행을 할 때 받은 환대를 되갚는다는 뭐 그런 거요."

그런 생각이 서점의 빈 공간에 거저 재워주는 형태로 발전했던 것이다. 그가 몸으로 실천해온 서점의 세 가지 키워드는 '나그네', '방랑', '책'이다. 현대의 이야기임에도 과연 그런가 싶을 정도의 어떤 그리움을 불러일으키는 셰익스피어 앤 컴퍼니! 그는 이렇게 덧붙였다.

"난 이 책방을 작가가 쓰는 소설처럼 만들었소. 방 하나하나가 소설의 매 장章이요. 그래서 새 장을 여는 것처럼 새 방으로 들어가는 거지. 상상의 세계로 이끄는 책속으로 들어가듯이."

보스턴대학에서 저널리즘을 공부한 사람이었지만 휘트먼의 말에서 느낄 수 있는 것은 그가 문학을 사랑한 사람이었다는 점이다. 이 점은 1919년 셰익스피어 앤 컴퍼니라는 책방을 처음 연 실비아 비치의 경우도 마찬가지다.

1차 대전 중 파리로 건너와 불문학을 공부했던 실비아 비치는 어머니가 준 3천 달러를 밑천으로 뒤피트랑로Rue Dupuytren 8번지에 셰익스피어 앤 컴퍼니란 서점을 열었다. 미국을 떠나 파리로 건너온 '잃어버린 세대'가 자주 드나들던 서점은 그 2년 뒤인 1921년 자리를 옮긴 오데옹로Rue de l'Odéon 12번지의 셰익스피어 앤 컴퍼니였는데, '잃어버린 세대'

의 한 사람이었던 헤밍웨이는 당시를 이렇게 회상했다.

> 그 시절 책 살 돈이 없었기 때문에 나는 오데옹로 12번지에 있는 실비아 비치의 책방 겸 대본점 셰익스피어 앤 컴퍼니에서 책을 빌려 보곤 했다. 찬바람이 부는 날 대형 겨울 난로를 피워놓은 이곳은 따뜻하고 쾌적했다. 테이블과 책을 꽂은 선반들과 창가에 진열된 새 책들과 죽었거나 살아있는 저명 작가의 사진들이 벽에 죽 걸려 있는….

그 서점은 현재 무슨 액세서리 가게인가로 바뀌어 있었다. 당시 서점 주인이었던 실비아 비치는 이 넓지 않은 공간에서 '문학의 밤'이나 '저자와의 만남' 등 여러 행사를 주관했고, 그곳을 드나드는 수많은 작가들의 편지를 맡아두었다가 전해주는 일을 마다하지 않았다. 그리고 제임스 조이스가 출판할 곳을 찾지 못해 애쓰고 있었을 때는 그의 작품을 출판해주기도 했다. 가게 자리의 2층 벽에는 "1922년 이 집에서 실비아 비치 양이 제임스 조이스의 《율리시즈》를 출판했다"는 팻말이 지금도 붙어 있다.

영문학사상 가장 독특한 작품의 하나로 평가받는 《율리시즈》를 출판한 이후 셰익스피어 앤 컴퍼니는 유명세를 탔고, 그후 서점이 경영난에 빠졌을 때는 앙드레 지드나 폴 발레리, T. S. 엘리엇, 헤밍웨이 등 20세기 구미 문단을 주도하던 당대 작가들이 발 벗고 나서기도 했다.

왜 그랬을까? 실비아 비치는 단순한 서점 주인이 아니라 사람과 책, 작가와 독자, 다양한 국적을 지닌 문인과 그 지망생을 엮어주는 '비치 살롱'을 운영했던 것이고, 오늘날로 치면 일종의 네트워커 역할을 했던 셈이다. 이런 과정을 통해 셰익스피어 앤 컴퍼니는 파리의 전설이 되고, 작은 서점 주인에 지나지 않던 실비아 비치나 조지 휘트먼 또한 세계적인 명사의 반열에 오르게 되었던 것이다.

실비아 비치 ©Wikimedia Commons

옛 서점들이 사라져가는 삭막한 현대에 인간 냄새 물씬한 한국판 셰익스피어 앤 컴퍼니의 출현을 바라는 건 나만의 욕심일까? 누군가의 말처럼 "서점은 피난처다. 길을 잃고 일상생활의 거센 요구를 피해 들어왔다 꿈과 영감의 원천으로 가는 새로운 길을 발견하는 안식처"여야 한다.

"다음 코스는 '잃어버린 세대'가 자주 다니던 카페죠?"

1920년대의 피난처에 들어와 있는 나를 현실세계로 불러내는 딸의 목소리가 들려왔다.

09
작가들의 집필 장소였던 파리의 카페, 레 되 마고

'민주주의 살롱'이었던 파리의 카페

파리에서 가장 많이 눈에 띄고 사람들이 가장 많이 찾는 곳이 카페다. 그 효시는 1643년 프로코프라는 시실리아인이 문을 연 커피 가게였다고 한다. 오데옹역 북쪽의 앙시엔 코메디로Rue de l'Ancienne Comédie에는 '프로코프Le Procope'라는 이름의 카페가 지금도 영업을 하고 있다.

프로코프의 첫 손님은 몰리에르, 라신, 라퐁텐 같은 극작가들이었고, 그 뒤를 이어 루소, 볼테르, 디드로, 몽테스키외 같은 계몽 사상가들이 단골이었다. 혁명가들도 커피는 마셨다. 당통, 마라, 로베스피에르 등이 뒤를 이었고, 젊었을 때는 나폴레옹도 카페를 드나들었다. 그리고 발자크, 위고, 강베타, 베를렌느, 아나톨 프랑스 같은 문인들의 발걸음이 이어졌다.

이후 카페는 전 파리지앵의 인기를 끌어 프랑스대혁명 당시엔 '민주주의 살롱'이 되었고, 19세기엔 '문학과 예술의 포럼'이 되었다. 통계를 보면 1880년대에는 파리에 약 4만 5천 개의 카페가 운영되었다. 지금

카페 레 되 마고 ©강재인

은 미국식 커피숍들이 진출하는 등 현대생활의 패턴 변화와 함께 숫자가 많이 줄어 약 7천 개 정도 남았다고 하지만, 우리 같은 외국인 눈에 파리는 여전히 카페 천국이다.

그 가운데 유서 깊은 카페들도 많지만 우리가 가보려는 곳은 생제르맹데프레Saint-Germain-des-Prés의 두 카페다. 하나는 카페 드 플로르Café de Flore였고, 다른 하나는 바로 그 옆에 있는 카페 레 되 마고Café Les Deux Magots였다. 인근 메트로역은 생제르맹데프레Saint-Germain-des-Prés다.

나는 아빠와 함께 카페 드 플로르에 들어갔으나 노천 테이블이 만석이었다. 안에 남아 있는 테이블이 있었지만, 노천 테이블에 앉아 커피를 마시며 신문, 잡지를 보거나 혹은 옆 사람과 이야기를 나누는 파리지앵의 여유로움을 경험하는 것이 내가 기대하고 있던 파리 낭만의 하나였다. 그래서 아빠를 재촉해 다음 블록에 있는 카페 레 되 마고로 자리를 옮겼다.

넓은 생제르맹대로를 마주보는 노천 테이블에 앉아 지나가는 행인을 구경하는 재미가 쏠쏠했다. 안경을 낀 50대의 웨이터가 주문을 받으려고 우리 테이블로 연신 고개를 내밀었다. 커피를 좀 안다고 자부해온 나였지만 파리의 커피는 생소한 이름이 많다. 이를 도표로 간략히 소개해보면 다음과 같다.

커피이름	프랑스어	내용
카페 누아르	Café noir	에스프레소(약간 옅음)
카페 누아르 두블	Café noir double	에스프레소 더블
카페 세레	Café serré	진한 커피
카페 오레	Café au lait	우유 커피
카페 라떼	Café Latte	이탈리아식 카페 오레
프티 크렘므	Petit crème	거품 커피
그랑 크렘므	Grand crème	거품 많은 커피
카페 알롱제	Café allongé	물 탄 에스프레소(아메리카노)
카페 롱	Café long	이탈리아식 카페 알롱제
카페 아메리껭	Café américain	아메리카노
카페 누아제트	Café noisette	우유 에스프레소
카페 글라세	Café glacé	아이스커피
데카	Déca	카페인 제거 커피

파리의 커피 종류

카페 레 되 마고를 찾은 문인들

아빠는 카페 롱을 주문하시고 나는 되 마고에서 유명하다는 핫초콜릿chocolat chaud을 주문한 뒤 화장실에 가기 위해 카페 안으로 들어갔다. 파리는 유로 기준으로 20센트에서 1유로까지의 유료 화장실이 많기 때문에 카페나 패스트푸드점이나 레스토랑 또는 백화점에 들를 때 그곳 화장실toilettes을 이용하는 것이 바람직하다. 최근에는 파리 안의 유·무료 화장실을 찾아주는 앱까지 생겼다고 한다.

카페 안으로 들어가자 방 기둥의 천장 부근에 설치된 두 개의 도자기 인형이 눈에 들어왔다. 실물대의 이 도자기 인형은 생뚱맞게 청나라 복장을 한 모습으로 의자에 앉아 있었다.

파리는 유로 기준으로 20센트에서 1유로까지의 유료 화장실이 많다. ©강재인

나는 핸드폰을 꺼내 '마고magot'란 단어를 쳐보았다. 불어로 중국 도자기 인형이란 뜻이다. 상호에 보이는 되 마고Deux Magots는 두 개의 도자기 인형, 그러니까 '카페 레 되 마고'는 두 개의 도자기 인형이 있는 카페란 뜻이다. 혼자 고개를 끄덕이며 방 안을 둘러보는데 벽 곳곳에 사진액자가 걸려 있었다. 가까이 다가가 보니 카페 한쪽 구석에 걸린 액자는 헤밍웨

카페 레 되 마고 내부에 설치된 중국 도자기 인형 2개 ©강재인

카페 레 되 마고 안의 좌석 위에 걸린
헤밍웨이의 사진액자 ©강재인

피카소가 자주 앉았던 카페 테이블 위의 벽에 걸려 있는
피카소와 올리비에 사진 ©강재인

이 사진이었다. 왼쪽 문간께 자리에는 피카소와 그의 애인 페르낭드 올리비에의 사진이 걸려 있었다.

지나가는 웨이터에게 물어보니 그 자리가 바로 그들이 좋아하던 좌석Sièges préférés이었다고 한다. 관광명소를 비롯해 우버 기사까지 웬만한 대화는 영어로 통하니, 불어가 아니면 상대방을 무시한다는 말도 옛날얘기다. 화장실은 깨끗한 편이었다. 노천 테이블로 돌아온 내가 아빠에게 말했다.

"안에 헤밍웨이와 피카소가 좋아하던 자리가 있어요. 손님이 앉아 있는 곳은 제대로 구경할 수 없었지만 사진액자가 걸린 곳이 예닐곱 군데는 되어요."

"그래?"

아빠는 자리에서 일어나 안

으로 들어가시더니 한참 만에 나오셨다.

"좋은 구경했다."

"전엔 못 보셨어요?"

"다른 걸 취재하느라고 이런 여유를 가질 수가 없었다."

"근데 방 기둥에 설치한 도자기 인형은 뭐예요?"

아빠는 옆을 지나가던 나이든 웨이터에게 카페의 내력을 물어보셨다. 불어와 영어가 섞인 질문에 웨이터는 아예 영어로 대답해주었다.

이 카페가 문을 연 것은 1884년이고, 그 전에는 중국 비단을 파는 가게였다고 한다. 그래서 비단의 원산지인 중국을 상징하기 위해 카페 내부에 중국 도자기 인형을 2개 설치하고 카페 이름을 '되 마고'라 붙인 것이라고 설명했다.

가게의 유래에 대한 흥미를 보인 우리에게 웨이터는 팸플릿을 하나 갖다 주었다. 거기에는 카페의 유래와 함께 되 마고를 자주 찾았던 10명의 대표적인 문인 이름이 다음과 같이 인쇄되어 있었다.

엘자 트리올레	ElsaTriolet	작가
앙드레 지드	André Gide	작가
장 지로두	Jean Giraudoux	작가
페르낭 레제	Fernand Léger	화가
프레베르	prévert	시인
헤밍웨이	Hemingway	작가
사르트르	Sartre	작가
시몬 드 보부아르	Simon de Beauvoir	작가
말레-조리스	Françoise Mallet-Joris	작가
앙드레 브르통	André Breton	시인

카페 레 되 마고를 자주 찾았던 10명의 대표 문인들

명단에서 유추할 수 있듯이 되 마고의 별명은 '문학카페'다. 사실 되 마고의 단골손님 가운데는 이들 외에도 우리에게 《마지막 수업La Dernière Classe》으로 기억되는 알퐁스 도데, 《어린 왕자Le Petit Prince》로 친숙한 생텍쥐페리, 《이방인L'Étranger》으로 낙양의 지가를 올린 알베르 카뮈 등 수많은 작가들이 있었던 것으로 다른 자료들은 전한다.

팸플릿을 갖다 준 웨이터가 지나가다 우리 테이블에 다시 들러 물어보았다.

"에뜨 부 자포네(일본인이세요)?"

"농, 누 솜므 코레안(아니, 한국인인데요)."

아빠가 대답하시자 웨이터는 국적을 물어본 이유를 설명했다. 그의 말로는 팸플릿 명단에 있는 많은 문인들 가운데 일본인이 관심을 자주 표명하는 작가는 헤밍웨이라는 것이었다. 그래서 헤밍웨이가 즐겨 앉던 테이블이 어디냐고 묻는 일본인이 많다면서 어깨를 으쓱 올리고 손바닥을 뒤집어 보였다. 프랑스에 와서 프랑스 작가가 아닌 미국 작가에 관심을 표명하다니 어이가 없다는 뜻인 듯했다. 사실 그 점은 아빠도 마찬가지셨다. '잃어버린 세대'의 대표격인 헤밍웨이의 족적을 찾아 이곳 카페로 발길을 돌리셨던 게 아닌가?

하지만 아빠는 리딩글래스를 끼고 무언가를 열심히 찾고 계셨다.

"아, 여기 있네."

반색을 하시기에 내가 물었다.

"뭐가요?"

"사르트르와 보부아르 말이야."

나도 이름 정도는 알고 있었다. 실존주의네 뭐네 하면서. 실존주의 철학이 무엇인지는 모르지만 사르트르가 말했다는 "인생은 B와 D 사이의 C다"라는 재미있는 말은 기억이 난다. 인생은 출생Birth과 죽음Death 사이의 선택Choice이라는 뜻이다.

"사르트르와 보부아르는 부부 아니었어요?"

아빠는 커피 잔을 기울이며 빙긋 웃으셨다. 20세기 대표적 지성이었던 두 사람에 대해 무언가 하고 싶으신 이야기가 있는 눈치였다.

이럴 땐 들어드려야지.

"어려서부터 수재였던 보부아르가 소르본대학을 졸업한 것은 1928년이다. 여성으로서 소르본대학에서 학사학위를 받은 것은 프랑스 역사상 아홉 번째라고 한다. 그 시절 여성이 높은 교육을 받은 사례는 프랑스에서도 많지 않았던 모양이야. 그 뒤 보부아르는 아그레가시옹agrégation을 준비하기 위해 고등사범학교École Normale Supérieure에 강의를 들으러 다녔지."

"아그레가시옹이 뭐예요?"

내가 물었다.

"교수자격 시험인데, 이걸 통과하면 고등학교lycées뿐 아니라 대학collèges에서 교편 잡는 것이 가능해. 1766년부터 실시되기 시작한 이 제도는 당초 문학·문법·과학의 3개 분야였으나 그후 철학·역사지리·수학·물리 등이 추가되었고 최근에는 경제학이나 기술 분야까지 영역이 넓어졌지. 프랑스 공무원시험 가운데서도 가장 경쟁이 치열하고 어려운 시험으로 알려져 있어."

"보부아르가 본 건 무슨 과목이었어요?"

학생시절의 사르트르
©Wikimedia Commons

"철학. 당시 합격정원은 20명인데, 시험 준비생으로 고등사범학교 청강생으로 다니는 동안 보부아르는 그곳 학생이면서 훗날의 작가인 장 폴 사르트르, 훗날의 작가인 폴 니장, 훗날의 철학교수인 르네 마외 등을 만났더군. 1929년, 수재들만 합격한다는 이 시험에서 보부아르는 21세의 어린 나이로 합격했지. 그것도 2등으로."

"1등은 누구였어요?"

"누구였다고 생각해?"

"혹 사르트르?"

"맞아."

아빠는 신이 나신 눈치였다. 당대의 수재였던 그들의 러브스토리가 시작되는 것 같아 나 역시 다음 이야기가 궁금해졌다.

10

사르트르와 보부아르의 러브스토리

사르트르와 보부아르의 계약결혼

'밀림의 성자' 알베르트 슈바이처와 친척이기도 한 사르트르Jean-Paul Charles Aymard Sartre는 당시 24세로 보부아르Simone de Beauvoir보다 세 살 위였다. 키가 작고 지독한 사팔뜨기였다. 그러나 두 사람이 처음 만났을 때 상대방에게 먼저 끌린 것은 보부아르 쪽이었다고 한다. 사르트르의 뛰어난 지적 능력에 매료되었다는 것이다.

사르트르의 회고에 따르면 보부아르의 첫 인상은 "예뻤지만 끔찍한 옷차림"이었다. 그러나 자기 다음의 성적으로 합격한 그녀가 마음에 들었던 모양이다. 그는 결혼을 결심하고 허락을 받기 위해 보부아르의 아버지부터 찾아갔다.

하지만 변호사였던 보부아르의 아버지는 지독한 사팔뜨기에 홀어머니 밑에서 자란 사르트르에게 자신의 딸을 내주고 싶지 않았다. 끝내 허락을 받지 못한 사르트르는 좌절하는 대신에 새로운 생각을 해낸다.

1929년 봄날 루브르 박물관에 놀러갔을 때 그는 안마당 벤치에 앉은 보부아르에게 그 새로운 생각을 불쑥 끄집어냈다.

"우리 결혼합시다."

갑작스런 구혼에 그녀가 손사래를 쳤다.

"안 돼요. 난 지참금도 없는데."

"아니, 내 말은 계약결혼을 하자는 거요."

사르트르는 자신이 생각한 '계약결혼'에 대해 설명했다. 상대방에게 충실하되 각자 생활의 자유와 연애의 자유는 보장해준다는 것이 계약결혼 내용의 핵심이었다.

마침내 보부아르는 그해 10월, 사르트르가 제안한 2년간의 계약결혼에 합의한다. 이것은 장차 두 사람이 펼치게 될 실존주의 철학에 입각한 계약결혼이기도 했다. 인간은 고독한 존재이지만 최대한의 자유를 누릴 자격이 있는 존재라 믿었고 이를 위한 방편의 하나로 계약결혼을 한 것이었다.

"대단하네요."

내가 말하자 아빠는 고개를 끄덕이셨다.

"대단했지. 그 계약결혼을 한 게 1929년의 일이었다니까."

"보통 결혼을 하면 다른 이성을 용납하기 힘든데 두 사람은 어떻게 대처했어요?"

"서로 간에 완전 자유를 허락했지."

"그럼 바람도 피웠겠네요."

"그렇지. 사르트르도 보부아르도 각각 바람을 피웠어. 보기에 따라선 난잡하다고 할 수 있을 정도로."

"그 시대에 연애의 자유와 결혼을 결합시켰다는 것이 정말 대단해요.

발자크 동상 앞에서 포즈를 취한
1929년의 사르트르와 보부아르
ⓒWikimedia Commons

하지만 그게 진짜 결혼이었을까요?"

나는 아빠의 논지를 마일드하게 반박했다. 그러자 아빠는 기존 논지를 고수하셨다.

"계약결혼이었다니까."

"자유의 대가도 있었겠네요. 상대방에 대한 질투와 분노 같은."

나의 재공격.

"있었겠지. 그래도 두 사람은 서로를 사랑했고 또 자유를 즐겼다더라. 보부아르가 남긴 말이 있어. '나는 내 인생에서 재론의 여지가 없는 확실한 성공 하나를 말할 수 있다. 그건 사르트르와의 관계다'라고."

"가식이 아니었을까요?"

"아니, 사르트르도 비슷한 말을 남겼어. '나는 보부아르가 없었다면 수많은 소중한 경험을 하지 못했을 것이다'라는."

"점점 더 가식같이 느껴져요. 자신들의 존재감을 대중한테 어필하려고 만들어낸 말일 수도 있구요."

거듭되는 반격에 아빠는 대화의 판을 엎을 것 같은 말씀을 하셨다.

"정말 그런 거였다면 지금 우리 대화도 시간낭비겠지."

"그러게요. 전 메르시Merci 매장에나 들려야겠어요."

나도 판을 깨는 발언을 했다.

파리 마레지구에 위치한 인테리어 소품과 의류 편집숍인 메르시 ©강재인

메르시는 마레지구에 위치한 인테리어 소품과 의류 편집숍으로 파리 시내에서 유명한 쇼핑장이기도 했다. 쇼핑도 하고 싶고, 맛집도 탐방해 보고 싶은 젊은 딸과 나이든 아빠의 관심사는 달랐다. 여행 중 그 점을 여러 번 느꼈지만 당초 테마여행을 정한 것은 나였기에 아빠의 의사를 존중해왔다.

그러나 아빠가 판을 깨신다면 나도 그 판에 계속 남아 있고 싶은 생각이 없었다. 주변의 공기는 점점 굳어지기 시작했다. 사태의 심각성을 눈치 채신 아빠가 목소리를 낮추신다.

"그럼 같이 가보자꾸나. 그곳이 어디냐?"

만일 그 이상 밀고 나간다면 정말 파탄의 길로 빠져들지 않을까 하는 불안감에 나도 톤을 낮추었다. 아빠도 내가 그렇게 느끼고 있다는 것을 감지하셨는지 아무 일 없었다는 것처럼 말씀을 이으셨다. 뭔가 하나에 꽂히면 그것에만 집중하시는 것은 이미 알고 있던 모습이었다.

두 사람의 관계가 지속될 수 있었던 이유

"그런데 두 사람 관계가 지속될 수 있었던 것은 무엇 때문이었을까? 두 가지 요소가 있었다고 보는데 하나는 공간의 문제다. 서로 결혼했는데도 한 집에 살진 않았지. 함께 살지 않으니 식사나 청소, 빨래 같은 일을 시키는 일이 없었고, 서로가 서로를 감시하는 일도 일어나지 않았어. 그리고 다른 하나는 그들 부부의 사랑이 남녀 간의 에로스eros와 실존주의 철학을 서로 관철해낸다는 일종의 필리아philia 같은 동지애가

1955년 중국 천안문 광장에 참석한 보부아르와 사르트르
ⓒWikimedia Commons

섞인 어떤 것이었을 거야. 그런 두 가지 요소가 없었다면 2년마다 갱신하는 계약결혼을 죽을 때까지 되풀이할 순 없었겠지."

"그러니까 엄밀한 의미에서 결혼은 아니었네요."

나는 여전히 뻗대고 있었다.

"나이가 들어서도 두 사람 사이는 좋았다더라."

"친구로서요? 부부로서요?"

"허 참, 견지망월見指忘月이란 말도 있다만."

"네?"

"결혼이란 말에 얽매이지 않으면 그들의 모습이 보일지도 모른다는 얘기야. 가령 사르트르는 죽기 1년 전인 74세의 나이에 프랑수아즈 사강Françoise Sagan과 연애를 시작했거든. 너도 알지? 《슬픔이여 안녕Bonjour tristesse》을 쓴?"

불안감에 쫓기던 나는 대학생 때 읽은 사강의 작품이 기억나 마음 한구석에 안도감이 생겼다.

"네, 알아요."

"사르트르와 사강의 나이 차는 30년이었다. 두 사람은 열흘에 한 번 정도 만나 데이트를 즐겼는데, 이때 시력을 잃은 사르트르는 식사조차 혼자 하기 어려운 상태라 사강이 스테이크를 대신 썰어주었다더군. 그런데도 사르트르는 사강과의 만남을 소년처럼 즐거워했고, 사강도 잊을 수 없는 만남이었다고 회상한 글을 읽어보았다. 한 시대를 풍미한 지성과 그를 존경하던 사강의 사랑은…."

"정신적인 거였겠죠?"

내가 말하자 아빠가 나를 보고 웃으셔서 나도 따라 웃었다. 갈라졌던 틈새가 여기서 다시 봉합되었다.

"보부아르가 아직 살아있을 때였어요?"

"그럼, 살아있을 때였지. 사르트르가 죽고 6년 뒤에 보부아르가 죽어 같은 무덤에 묻혔어."

"네? 같은 무덤에요?"

"그래."

《슬픔이여 안녕》의 저자
프랑수아즈 사강
ⓒChristo Drummkopf from flickr

사르트르와 보부아르의 무덤
ⓒWikimedia Commons

"이승에선 한 번도 함께 산 일이 없는 부부가 저승에서 처음으로 같은 공간을 사용하게 된 거네요. 아이러니예요."

"아이러니지. 하지만 살았을 때 두 사람이 거의 날마다 드나든 장소가 있다. 바로 이 되 마고야."

"부부 함께요?"

"되 마고 주인이었던 폴 부발이란 사람이 이런 회고담을 남겼어. '그 사람은 종종 여자를 데리고 오기도 했는데 와서는 서로 다른 테이블에 떨어져 앉곤 했다. 그러곤 커피 한 잔을 시켜놓고 몇 시간씩 죽치고 앉아 무언가를 계속 쓰는 것이었다.'"

"장사 안 되는 손님이었다는 얘기네요. 데리고 왔다는 여자는 보부아르이고요?"

"그렇지. 따로 앉은 건 그 여자도 글을 쓰기 위해서였어. 당시 작가들은 카페에서 글을 썼다고 해. 까뮈가 자신의 출세작 《이방인》을 쓴 곳도 바로 이 되 마고이고. 지금보다 작가 위상이 높았던 당시는 커피 한 잔 시켜놓고 하루 종일 글을 써도 용인이 되는 사회분위기였던 모양이야."

"궁금한 건요, 이곳은 헤밍웨이가 자주 드나들던 카페인데 보부아르나 사르트르와 만났을까요?"

"글쎄다. 사르트르가 결혼한 해는 1929년인데, 그해 11월 군대에 가고 병역을 마친 뒤엔 프랑스 북부에 있는 루아브르 고등학교 철학교사가 되었거든. 그러니까 파리의 되 마고를 드나들기 시작한 것은 1930년대 후반이었다고 봐야지. 그런데 1차 대전 후 파리에 왔던 헤밍웨이가 미국에 돌아간 건 1928년이야. 그러다 스페인 내전을 취재하려

1927년의 헤밍웨이와 그의 아들
ⓒWikimedia Commons

고 다시 파리에 들른 것은 1937년이고. 이때 되 마고를 들러 사르트르나 보부아르를 만났을는지도 모르지. 하지만 헤밍웨이는 그 무렵 이미 유명 작가가 되어 있었던 데 반해 사르트르나 보부아르는 아직 무명 작가였거든. 사르트르의 《구토La Nausée》가 발표된 게 1938년이고, 보부아르의 《초대받은 여자L'Invitée》가 발표된 건 1943년이야."

"못 만났을 확률이 높군요."

"정확한 건 나도 모르겠다. 하지만 보부아르와 사르트르는 2차 대전 중 카페를 다른 곳으로 옮기지."

"어디로요?"

"아까 들렀던 카페 드 플로르로. 그거 다 마시면 우리도 자리를 좀 옮겨볼까?"

아빠에게서 얼굴을 돌려 옆 테이블을 둘러보니 일본 여자 둘은 관광객인 듯 핸드폰 사진을 찍고 있었고, 또 한 테이블에서는 묵직한 안경을 낀 곱슬머리 노인이 신문을 보며 잔을 들고 있었다. 몇몇 테이블에서는 남녀들이 불어로 영어로 이야기를 나누며 손을 올렸다 내렸다 제스처를 취하고 있었다.

가만히 보고 있으려니 단정하게 빗겨진 머리카락의 사르트르와 눈꼬리가 처져 온화하지만 강단 있어 보이는 보부아르가 다소 긴장된 표정으로 토론을 벌이고 있었고, 콧수염을 기른 파리시절의 헤밍웨이는 테이블에 놓인 종이에 무언가를 끄적이고 있었다. 그리고 그들 옆에는 친근하지만 어딘가 냉랭한 분위기 속의 아빠와 나도 있었다.

II

카페 드 플로르와 소르본대학

작가와 예술가들의 사랑방이었던 카페 드 플로르

카페 레 되 마고를 즐겨 찾던 사르트르와 보부아르가 2차 세계대전 중 자리를 옮긴 것처럼 우리도 옆 블록에 있는 카페 드 플로르Cafe de Flore로 발길을 옮겼다. 노천 테이블에 앉고 싶었으나 빈자리가 없었고, 방금 음료수를 마신 뒤끝이라 카페를 배경으로 사진을 몇 장 찍은 뒤 길 한쪽에 서서 아빠와 이야기를 나누었다.

잡지 〈파리의 저녁〉 1912년 2월호. 시인 아폴리네르와 작가 앙드레 루베이르, 시인 앙드레 살몽은 '카페 드 플로르'에서 잡지 〈파리의 저녁〉을 창간했다.
ⓒWikimedia Commons

〈미라보 다리〉라는 시를 쓴 아폴리네르가 작가 앙드레 루베이르, 시인 앙드레 살몽 등과 함께 그 시가 발표된 잡지 〈파리의 저녁Les Soirées de Paris〉을 창간한 곳이 바로 이 카페였다고 한다.

여기서 기호학자 롤랑 바르트는 날마다 아

카페 드 플로르 ©강재인

노인이 신문을 읽고 있는 자리가 바로 사르트르가
즐겨 앉던 카페 드 플로르 내부 좌석이다. ©강재인

침식사를 했고, 앙드레 말로는 창가의 지정석에서 소설을 썼으며, 각진 이마의 생텍쥐페리는 명상에 잠기고, 시인 자크 프레베르는 시상을 정리했다는 것이다.

"근데 사르트르는 왜 이쪽으로 자리를 옮긴 거예요?"

"플로르Flore가 무슨 뜻인지는 알고 있지?"

"꽃?"

"아니, 그건 플뢰르fleur고. 플로르는 꽃과 풍요의 여신이지."

그 이름이 상징하는 것처럼 플로르의 난방시설은 되 마고보다 좋았다. 평화 시엔 비슷했지만 전시 중 기름공급이 달리면서 차이가 생겼다. 이에 사르트르뿐 아니라 보부아르도 따스한 플로르로 자리를 옮겨 오전 중엔 1층에서 글을 쓰고, 점심 먹고 돌아와선 2층에서 글을 썼다고 한다.

“여기도 ‘문학카페’였군요.”

“그런 셈이지. 하지만 뒤엔 디자이너들의 단골카페이기도 했지. 크리스티앙 디오르, 위베르 드 지방시, 이브 생 로랑, 피에르 가르뎅….”

“와우, 쟁쟁하네요.”

“또 배우 장 폴 벨몽드, 알랭 들롱, 시몬 시뇨레, 가수 이브 몽땅, 영화감독 로망 폴란스키, 클로드 를루쉬….”

하필 이 카페로 모여든 이유는 무엇이었을까? 여러 이유가 있겠지만 일종의 사랑방 비슷한 게 아니었을까 아빠는 추정하신다. 당신이 도쿄에서 겪으신 일인데, 단골 술집에 가면 직업이 유사한 동료들만 모이기 때문에 따로 약속하지 않아도 거기 가면 으레 만나고 싶은 친구나 지인을 만날 수 있었다는 것이다.

파리의 카페도 그런 성격이 있었을 것이라는 뜻이다. 또한 온갖 정보가 모이니까 새 소식을 접하게 된다는 이점도 있었을 것이다. 그 정보가 다시 사방으로 퍼져나갔을 거고. 요즘의 인터넷 카페 같은 거였을까?

아빠의 설명을 듣고 있으려니 이곳 테이블에도 한번 앉아보고 싶어졌다. 노천 테이블에 빈자리가 나지 않아 우리는 결국 안으로 들어가야 했다. 웨이터가 메뉴판을 가져오자 아빠는 거기 인쇄된 문구를 가리키셨다.

“Les chemins du Flore ont été pour moi les chemins de la liberté플로르에의 길은 내게 있어 자유에의 길이었다.”

사르트르의 문장이었다. 커피 한 잔 시켜놓고 온종일 글만 쓴다고 불평하던 카페 주인이 이제 와선 사르트르를 팔고 있는 셈이었다. 불평하던 사람은 플로르가 아니라 되 마고 주인이었다지만 아무튼 멋진 카피라는 생각이 들었다.

"자유에의 길이라… 하긴 이 카페가 좀 독특한 곳이기는 했지. 독일 나치스가 파리를 점령했을 때 말이야."

"점령 기간에도 이 카페는 문을 열었나 봐요."

"열었지."

그러면서 아빠는 당시를 이렇게 묘사하셨다.

번쩍이는 가죽장화를 신은 나치 장교가 카페 문을 열고 들어온다. 파리에 가면 말로만 듣던 플로르를 꼭 한 번 가보겠노라고 별렀을 그 장교는 그래도 독일 지식인이었을 것이다. 하지만 손님도 웨이터도 누구 하나 독일 장교와 눈을 마주치려 들지 않는다.

들어온 순간부터 모두 침묵하는 카페 안에서 점령군 장교는 갑자기 투명인간이 되어버린 것이다. 웨이터도 불러야만 마지못해 주문을 받고. 마침내 싸늘한 분위기를 견딜 수 없게 된 장교가 밖으로 나간다. 그 순간 카페 안은 파안대소하며 왁자지껄해진다. 레지스탕스에 참여하지 못한 파리 지식인들은 이런 식으로라도 독일군에 저항했다는 것이다.

"아빠, 그건 영화 〈글루미 선데이〉의 한 장면 같은데요."

"허허, 그러냐? 하지만 카페 플로르에선 실제 그런 일이 일어났다던데. 전쟁 중에도 이곳을 드나들던 사르트르는 형편이 좀 궁했던 모양이야. 아파트 난방도 되지 않으니까 추위를 이기려고 술 한잔을 하긴 했는데 주머니에 돈이 없어. 그래 주변을 둘러보다 문간 쪽에 앉은 남자에게 다가가 말을 걸었지. '저, 우린 서로를 이해하는 부류라고 생각되는데 제 술값 좀 내주실 수 없겠습니까?'"

그날 술값을 내준 코가 크고 수더분하게 생긴 그 남자가 바로 스위스 조각가 알베르토 자코메티였다는 것이다. 이 일로 친구 사이가 된 사르트르는 자코메티의 작품에 관한 본격적인 글을 두 편이나 써주었다. 사람을 골라 사귀던 사르트르가 가장 좋아한 예술가가 자코메티였다고 한다.

"공술 값이네요. 근데 왜 많은 지식인과 예술인이 하필 이 지역의 카페들로 모여든 거예요?"

그러자 아빠는 입가에 미소를 지으신다.

지식과 정보의 발전소였던 소르본대학

많은 지식인과 예술인이 모여든 것은 카페들이 있는 이 지역에 소르본 대학Sorbonne Université을 비롯한 여러 대학들이 위치해 있었기 때문이다. 불문학으로 유명한 파리4대학을 위시하여 파리1대학, 파리3대학 등도 그렇고, 사르트르가 다닌 고등사범학교 등 여러 그랑제콜Grandes Écoles 들도 이곳 좌안에 있었다.

"그래서 우리가 와 있는 이 좌안을 라탱지구Quartier Latin라 부르는 거야."

"라탱지구?"

"옛날 이 지역 학생들은 수업을 죄다 라틴어로 받았거든. 그래서 커피 마시고 술 마시고 시 낭송을 하거나 논쟁을 벌일 때도 라틴어만 사용했다더군. 한문만 쓰던 조선조의 선비들 비슷하게. 소르본대학에 한번 가볼까?"

다리가 아파 우버를 이용하기로 했는데 운전기사가 우리를 내려준 곳은 팡테옹Panthéon 앞이었다. 아까 지나온 뤽상부르 공원에서 왼쪽을 보면 옛날 광화문 중앙청의 첨탑 비슷하게 보이는데, 그게 바로 팡테옹이었다.

소르본대학이라 해도 파리1대학(팡테옹 소르본), 파리3대학(소르본 누벨), 파리4대학(파리 소르본)을 모두 소르본이라 부르기 때문에 그런 착오가

파리의 팡테옹. 팡테옹에는 사상가 루소, 혁명가 미라보, 물리학자 퀴리 부인과 함께 작가 빅토르 위고, 에밀 졸라, 앙드레 말로 등의 관이 안치되어 있다. ©강재인

생긴 것 같았다. 팡테옹 앞에 있는 건물은 법학 중심의 파리1대학이었다. 안에 들어가 학생들에게 물어보니 전통적인 소르본대학 정문이 있는 곳은 아니라고 했다.

이왕 여기까지 왔으니 팡테옹에 들어가보자는 딸의 제안에 응하기로 했다. 로마 판테온은 무료였던 것으로 기억되는데 이를 본떠 만든 파리 팡테옹은 9유로였다. 입장권을 사서 안으로 들어가니 규모는 로마 판테온보다 더 큰 것 같았다. 넓은 홀 중앙에는 지구의 자전을 증명하기 위해

팡테옹 내부 홀 중앙에는 지구의 자전을 증명하기 위해
고안해낸 실험장치 '푸코의 진자' 복제품이 설치되어 있다.
ⓒWikimedia Commons

고안해낸 실험장치 '푸코의 진자'가 설치되어 있었으나, 실험에 사용되었던 진짜는 파리국립과학연구원에 있고, 이곳에 있는 것은 복제품이었다.

인상적인 것은 지하무덤이었다. 안치된 관들 가운데는 루소, 볼테르 같은 사상가나 미라보 같은 혁명가, 퀴리 부인 같은 물리학자도 있었지만 빅토르 위고, 에밀 졸라, 알렉상드르 뒤마, 앙드레 말로 같은 소설가들의 관도 눈에 띄었다. 지하무덤을 둘러보던 딸이 말했다.

"안치된 시신들은 모두 프랑스 역사를 빛낸 인물들인데, 여기에 소설가들도 끼어 있다는 게 좀 놀랍지 않으세요?"

"나도 그런 생각이 들었다. 한국 같으면 가능했을까?"

"프랑스는 역시 예술을 존중하는 나라 같아요."

팡테옹을 나온 뒤 딸과 이런저런 이야기를 나누며 두어 블록 뒤에

1253년에 설립된 소르본대학 ©강재인

있는 전통적인 소르본대학, 곧 파리4대학의 정문 앞으로 걸어갔다. 첫눈에도 유서 깊은 대학이라는 걸 알 수 있었다. 루이 9세의 고해신부였던 로베르 드 소르본에 의해 원래는 신학대학으로 세워진 학교였다. 역사와 위용을 자랑하는 건물 앞에서 딸이 물었다.

"얼마나 오래된 곳이에요?"

"1253년에 설립되었다더라."

"우와! 하버드대학이 1636년이라고 해서 놀랐는데 소르본에 비하면 어린애였네요."

설립연도만이 아니었다. 소르본대학이 소르본대학다웠던 점은 구텐베르크가 발명한 금속활자기를 도입한 일이었다. 발명이 1450년인데 프랑스가 그걸 들여온 건 19년 만인 1469년이었다. 모든 것이 느린 중세의 시간개념으로 보면 상당히 빠른 조치였다.

더 중요한 사실은 인쇄기가 설치된 곳이 바로 소르본대학이었다는 점이다. 이 대학은 인쇄소를 갖게 됨으로써 지식과 정보의 발전소 겸 보급소로서 프랑스 지성의 산실이 되었고, 이를 바탕으로 센 강 좌안은 라탱지구가 되고 파리의 정신적 심장이 된 거였다고도 볼 수 있다.

"아, 그랬군요. 첫 인쇄소가 소르본대학에 설치되었다는 건 처음 듣는 이야기예요. 그런데 소르본대학을 파리대학이라 하는 건 알겠는데 파리1대학, 파리2대학, 파리3대학 하는 식으로 이름이 왜 그렇게 이상한 거예요?"

딸의 질문은 그럴 만했다. 한때 한국 대선공약의 대학평준화 모델로 떠오르기도 했던 파리대학은 파리1대학부터 파리13대학까지 모두 13개가 있다. 원래는 대학마다 이름이 있었는데 1968년 대학생이 주축이 된 이른바 '68혁명' 이후 대학평준화를 하면서 각 대학 이름을 없애고 파리1대학, 파리2대학, 파리3대학 식으로 개칭했다. 이 때문에 대학 입학은 쉬워졌다고 하나 소수 정예 중심의 그랑제콜은 여전히 입시경쟁이 치열하다고 한다.

"그랑제콜의 글자 뜻은 '큰 학교'이고, '큰 학교'를 한자로 바꾸면 '대학교'가 되는데 좀 헷갈려요."

대학교와 그랑제콜의 투 트랙으로 생각하면 된다고 말해주었다. 다만 그랑제콜은 옛날 대학예과와 비슷한 프레파Prépa를 거쳐야 한다는 점이 다르다. 예전에 문학평론가 백철이나 최규하 대통령이 나온 곳이 동경고등사범학교인데, 동경제국대학에 맞먹는다던 이 학교가 바로 사르트르가 다닌 프랑스의 고등사범학교École Normale Supérieure를 모방한 것이었다. 그 시절 일본엔 고등상업학교(고상), 고등공업학교(고공)와 같이 프랑스의 그랑제콜을 벤치마킹하여 만든 학교들이 많았다.

"상고나 공고 하고는 다른 거죠?"

"다르지. 상고나 공고는 중등과정이고 고상이나 고공은 대학과정이었으니까."

"지금은 없어졌나요?"

"학제 변동이 생기면서 다 대학으로 바뀌었지."

"프랑스의 경우, 대학은 평준화되었지만 그랑제콜은 여전히 엘리트 코스로 남아 있다는 얘기네요."

그런 셈이었다. 각 분야의 고등직업학교인 그랑제콜은 상당히 어려운 시험을 뚫고 입학하기 때문에 자부심이 대단하다고 한다. 이를테면 프랑스의 전·현직 대통령인 지스카르 데스탱, 미테랑, 시라크, 사르코지, 올랑드, 마크롱 등이 다 파리정치대학Sciences Po이나 국립행정학교ENA를 다녔는데 바로 그런 학교들이 그랑제콜에 속한다. 대학평준화를 말하지만 내막을 알고 보면 이곳도 한국 못지않은 학력 사회다.

"저 카페에서 좀 쉬었다 갈까?"

작은 분수가 세 개 있는 대학 정문 앞 공터 옆으론 카페가 보였는데, 젊은이들이 모인 그곳은 대학가다운 느낌이 났다. 그 젊은이들 속으로 딸이 먼저 들어갔다.

12
글루미 선데이와 보부아르 인도교

전 세계를 울린 노래 '글루미 선데이'

소르본대학 정문 앞 카페에서 울려나오는 젊은이들의 말소리가 흐르는 개울물 소리처럼 들렸다. 그들이 하는 말을 다 알아들었으면 싶다고 하자 커피를 마시던 아빠가 갑자기 돌아가신 할아버지 말씀을 꺼내셨다. 할아버지 세대는 한문이다, 일본어다, 영어다 하면서 평생 외국어 공부에서 벗어나지 못하셨다. 뒤이은 아빠 세대도 영어다, 독어다, 불어다 하면서 나아진 게 별로 없었는데, 너희 세대까지 그러냐며 가볍게 고개를 흔드신다.

그때 갑자기 가슴 저미는 소리가 들려 고개를 돌려보니 웬 노인 악사가 카페 앞에서 트럼펫을 연주하기 시작한 거였다.

"어, 저건 아까 말한 영화 〈글루미 선데이〉의 주제곡인데요."

"그러게. 파리 악사가 왜 독일 노랠 연주하지?"

왼쪽 구석에 서서 글루미 선데이를
연주하는 노인 악사 ©강재인

이번엔 내가 고개를 흔든다. 한 여자와 그녀를 사랑한 세 남자의 비극적 운명을 그린 〈글루미 선데이〉는 1999년 독일 감독이 만든 영화였지만, 1994년 개봉된 미국 영화 〈쉰들러 리스트〉에도 등장하는 노래 '글루미 선데이'는 원래 헝가리 것이었다. 그런데 이 곡을 1936년 세계적인 노래로 히트시켰던 장본인은 다름 아닌 프랑스 샹송가수 다미아Damia였다.

어두운 일요일 Sombre dimanche

한 아름 꽃을 안고 Les bras tout chargés de fleurs

난 지친 마음으로 Je suis entré dans notre chambre

우리 방에 들어갔지 le cœur las

이미 알고 있었으니까 Car je savais déjà

네가 안 오리란 걸 que tu ne viendrais pas

그래서 사랑과 괴로움의 Et j'ai chanté des mots

노래를 부르며 d'amour et de douleur

혼자 남은 난 Je suis resté tout seul

소리죽여 울었지 et j'ai pleuré tout bas

겨울이 울부짖는 En écoutant hurler

비명소릴 들으면서 la plainte des frimas

어두운 일요일 Sombre dimanche

고통이 너무 심해 Je mourrai un dimanche

난 일요일에 죽을 거야 où j'aurai trop souffert

네가 돌아와도 Alors tu reviendras,

난 이미 없겠지만… mais je serai parti…

C단조의 뇌쇄적인 이 노래를 듣고 자살하는 사람이 헝가리에서뿐 아니라 파리에서, 런던에서, 뉴욕에서 발생했다. 세계적인 대공황의 우울한 분위기가 지속되는 가운데 그 숫자가 수십 명으로 늘어나고 있다는 뉴스가 전해지자 프랑스 방송국은 노래를 들은 청취자들의 심리조사

본명이 마리 루이즈 다미앙이었던 샹송가수 다미아
ⓒWikimedia Commons

를 실시했다. 영국 BBC나 미국 방송국들은 이 노래를 방송금지곡으로 지정하기에 이른다.

'자살가Suicide Song'란 별명을 얻은 이 노래는 나라마다 제목이 조금씩 달랐다. 2005년에 와서 한국 가수 자우림이 부르기도 하는 1930년대의 이 노래는 불어 제목이 '어두운 일요일Sombre dimanche'인데, 영어 제목은 '우울한 일요일Gloomy Sunday', 독어 제목은 '외로운 일요일Einsamer Sonntag', 스페인어 제목은 '슬픈 일요일Triste domingo'이었다.

"어둡고 우울하고 외롭고 슬픈… 인생의 본질을 말하는 것 같아요."

"하지만 어쩌겠느냐? 살아야지."

"묘해요. 염세는 전염성이 강한 건데…."

"염세는 무슨. 여로에 만난 우연이다! 다음 행선지는 프랑스국립도서관Bibliothèque Nationale de France이지?"

문화존중의 정신이 깃든 '보부아르 인도교'

아빠가 딱 자르고 화제를 돌리시는 바람에 나도 얼른 내 몸에 번지고 있던 우울을 카페에 떨구고 밖으로 나갔다. 우리가 메트로를 타고 간 곳은 13구의 비블리오테크 프랑수아 미테랑Bibliothèque François Mitterant역이었다. 지상에 올라가 센 강 쪽으로 발걸음을 옮기는데 책을 형상화한 ㄱ자 건물 4동이 눈에 들어왔다. 한마디로 웅장하다.

루이 11세가 1480년에 창설한 왕실도서관의 소장본을 물려받았다는 이 도서관을 당시 돈 12억 유로(1조 5천억 원)를 들여 '세계에서 가장 크고 현대적인 도서관'으로 재정비한 것이 미테랑 대통령이었기 때문에 '미테랑 도서관'으로 불리기도 하는 곳이었다.

높이 79미터의 대형건물 4동과 그 4동을 연결하는 열람실 한가운데는 독서로 피로해진 눈을 쉬게 해주는 거대한 인공 숲이 조성되어 있었다. 연면적 7.5헥타르, 광장 6만 제곱미터의 방대한 도서관 규모는 과연 문화강국 '프랑스의 자존심'으로 불릴 만했다.

세계 최고의 금속활자본인 우리나라의 《직지심체요절》과 혜초 스님의 《왕오천축국전》이 소장되어 있는 곳이기도 하다. 아빠는 안에 들어가볼 시간적 여유가 없는 게 유감이라고 하시면서도 애초 보고 싶으셨던 건 도서관이 아니라 시몬 드 보부아르 인도교Passerelle Simone de Beauvoir였다고 하신다.

센 강에 37번째로 놓인 사람과 자전거 전용도로다. 2개의 곡선 다리가 서로 교차하도록 되어 있는 전장 305미터의 이 아름다운 다리는 유리로 지어진 국립도서관 건물들 사이에서 시작되어 센 강 너머 베르시 공원으로 이어진다. 우아하게 휘어진 구름다리의 널빤지 길을 걷기 시작한 내게 아빠가 물어보신다.

"왜 이 다리에 여류작가 보부아르의 이름을 붙였을까?"

책을 형상화한 ㄱ자 건물인 프랑스국립도서관
4동의 한가운데서 시작되는 보부아르 인도교
©Guilhem Vellut from flickr

“글쎄요. 공헌도가 높았던 모양이죠?”

“공헌도? 사실은 남녀를 통틀어 책을 가장 많이 읽은 사람이 보부아르였다는 거야. 그래서 이 아름다운 다리에 그 여자 이름을 붙였다는 설이 있어. 재미있잖니?”

“팡테옹 지하무덤에 작가들의 관을 안치한 것과 같은 맥락이네요. 문화존중의.”

"그래. 파리에 와서 이제 우린 한 가지를 확인한 셈이다. 문화존중의 정신. 다음으로 확인하고 싶은 건 파리 시 그 자체다. 대체 무엇 때문에 많은 사람들이 파리로 찾아온 걸까?"

"관광객?"

"아니, 예술가나 지식인들 말이야. 생각해봐라."

시기는 다르지만 피카소는 스페인에서, 아폴리네르는 이탈리아에서, 자코메티는 스위스에서, 고흐는 네덜란드에서, 제임스 조이스는 아일랜드에서, 쇼팽은 폴란드에서, 프랑수아즈 말레-조리스는 벨기에에서, 에밀 시오랑은 루마니아에서, 밀란 쿤데라는 체코에서, 츠베탕 토도로프는 불가리아에서, 하인리히 하이네는 독일에서 왔다. 헤밍웨이 등 미국 작가들이 떼로 몰려와 산 것은 말할 것도 없고. 아빠의 결론.

"파리의 매력 때문이었다. 하지만 파리가 처음부터 매력 있는 도시였을까? 이제부턴 그 점을 확인해보기로 하자."

"네, 근데 지금은 배가 출출해요. 아빠도 무얼 좀 드셔야죠?"

"그래, 하긴 금강산도 식후경이지. 어디가 좋을까?"

레스토랑 찾기는 아빠로부터 '미식가'란 놀림을 받아온 내 몫이기도 했다. 웹서핑을 거쳐 우리가 찾아간 곳은 제6구에 있는 '폴리도르 Polidor' 레스토랑이었다.

신용카드를 받지 않는 레스토랑

겉은 허름해도 인터넷 자료에 따르면 172년의 전통을 자랑하는 레스토랑이었다. 파리의 수많은 음식점들 중 우리의 테마여행 목적에 맞아 이곳을 선택했다. 앙드레 지드, 폴 발레리, 이오네스코가 자주 드나들던 식당으로 유명하고, 헨리 밀러와 헤밍웨이의 단골식당이기도 했다는 것이다. 아빠는 헤밍웨이 이름이 나오자 눈을 크게 뜨며 좋아하셨다.

헤밍웨이의 단골 레스토랑으로 알려진
파리의 간이식당 폴리도르 ©강재인

레스토랑 폴리도르의 천장에 달린 안내문.
"폴리도르는 1845년부터 신용카드를 받지 않습니다." ⓒ강재인

안으로 들어가니 식당 안쪽에 설치된 바에는 '폴리도르 1845'란 표식이 두어 군데 붙어 있었다. 또 다른 벽에 걸린 벽화는 우리를 19세기로 인도한다. 실내장식도 테이블도 옛날 그대로의 모습을 유지하고 있는 듯했다. 간이식당crémerie restaurant이므로 여행복 차림의 우리는 우선 마음이 놓였다. 안을 둘러보던 아빠가 눈짓하셔서 보니 허공에 매달린 칠판엔 이런 문구가 적혀 있었다.

"폴리도르는 1845년부터 신용카드를 받지 않습니다Le Polidor n'accepte plus les cartes de crédit depuis 1845."

"위트가 있네요."

"프랑스답지."

붉은 체크무늬의 테이블보 위에 놓인 메뉴판을 보면서 나는 한동안 고민에 빠져야 했다. 실은 프랑스 요리를 잘 몰랐기 때문이다. 자세히 보니 메뉴판에 캐비어caviar, 서양송로truffe와 함께 세계 3대 진미의 하나로 알려진 푸아그라foie gras가 들어 있었다.

거위나 오리를 살찌게 하여 그 간으로 요리한 것이라지만 '비대한 간', '기름진 간' 아니, 조금 돌려 번역하면 '부은 간'이 될 수도 있는 푸아그라의 글자 뜻이 싫었고, 이전에 먹어봤지만 입안에서 흐물거리는 식감이 썩 좋지는 않았다. 그래서 메뉴판에 보이는 에스카르고escargots를 언급했더니 아빠가 반색하셨다.

"어, 달팽이 요리? 그거 좋지."

"메인디시(주요리)는 비프(쇠고기)가 좋을 것 같은데 아빠?"

"같은 거로 하자."

식사 전에 시킨 레드와인은 미국에서 '버건디Burgundy'라 부르는 부르고뉴 와인Vin de Bourgogne이었다. 쨍하고 글래스를 마주친 시작은 근사했다. 이윽고 쟁반에 나온 달팽이 요리는 집게와 작은 포크를 사용해 껍질 안의 살을 끄집어내야 했다. 처음엔 프랑스식 버터 향 소스가 곁들여진 약간 짭짤하고 고소한 맛이 잠자던 미각을 일깨워주는 것도 같았다.

"어떠세요?"

"글쎄다. 버터가 너무 많은가?"

아빠는 조금 실망한 표정이셨다.

달팽이 요리인 부르고뉴 에스카르고
©강재인

뒤이어 으깬 감자와 함께 메인디시로 나온 '부르고뉴 비프Boeuf Bourguignon'는 그 모양이 한국 갈비찜 같았다. 각종 양념 재료와 함께 찜을 했기 때문에 맛있을 것 같아 잔뜩 기대했으나 막상 입에 넣으니 별로였다. 일반적으로 프랑스 쇠고기는 좀 질긴 것 같다. 다른 식당에서 먹어본 스테이크도 좀 질겼다. 그래서 부르고뉴 비프처럼 푹 찐 형태가 많은 모양이지만 이게 또 내 구미엔 맞지 않았다.

한국의 갈비찜처럼 보이는 부르고뉴 비프
©강재인

앙드레 지드나 헤밍웨이가 자주 찾은 식당이었다는 인터넷 설명에 혹해서 찾아왔지만 결론은 피아스코fiasco였다. 비추천! 아빠는 각국 예술가와 지식인들이 몰려든 것은 '파리의 매력' 때문이었다고 해석하시지만 내가 경험한 범위 안에서 프랑스 음식은 서울이나 뉴욕에 비해 그렇게 매력적으로 느껴지지 않는다. 물론 프랑스 요리의 명성이 높다는 건 알고 있지만.

식사가 끝난 뒤 핸드백에서 신용카드를 꺼내려는데 지폐를 미리 꺼내신 아빠가 허공을 가리키시기에 눈길을 돌렸더니 아까 본 바로 그 칠판이었다.

"폴리도르는 1845년부터 신용카드를 받지 않습니다."

13

노트르담 대성당과 퐁뇌프

노트르담 성당에 영혼을 부여한 빅토르 위고

다음 날 아빠와 나는 호텔을 체크아웃하고 짐을 맡긴 뒤 센 강 한가운데 있는 시테 섬Île de la Cité으로 향했다. 호텔에서 시테 섬까지는 차로 16분 거리다.

"시테는 파리의 발상지다."

우버 안에서 아빠가 말씀하셨다.

"한강의 여의도 같은 섬에서 시작된 거네요?"

그런 셈이었다. 물을 얻어야 하므로 대도시는 흔히 강을 끼고 발전하기 마련이다. 런던은 템스 강, 로마는 테베레 강, 뉴욕은 허드슨 강, 서울은 한강…. 기원전 53년 로마군이 이 지역에 와보니 성정이 거칠고 포악한 사람들이 살고 있었다. 켈트족 계열의 파리시족Parissii이었는데, 파리라는 명칭은 바로 이 부족 이름에서 유래한 것이었다고 한다.

"켈트족이라면 혹 영국 원주민 아니에요?"

"맞아. 프랑스에서 영국으로 건너갔다가 스코틀랜드와 아일랜드로 밀려났지. 지도를 보면 시테 섬 말고 하나가 더 있다."

시테 섬 오른쪽에 생루이Saint-Louis란 아우섬이 하나 더 있었다. 원래는 시테 섬이 파리의 전부였지만 로마인들에 의해 생루이 섬을 거쳐 센 강 남쪽 곧 좌안이 조금씩 개척되기 시작했고, 그 뒤 센 강 북쪽 곧 우안도 개발되기 시작했다는 것이다.

우리를 태운 우버는 콩코르드 다리로 센 강을 건넌 다음 생제르맹 대로를 타고 내려가다가 아르셰베셰 다리Pont de l'Archevêché를 타고 시테 섬으로 들어갔다. 그리고 왼쪽으로 차를 돌려세우니 바로 노트르담 사원 앞이었다. 인근 메트로역은 '시테Cité'다.

관광객들이 웅성거리는 파르비 광장Place du Parvis 건너편에 69미터 높이의 쌍탑이 보였고, 그 밑에 성당으로 들어가는 3개의 대형 문이 있었다. 왼쪽이 '성모마리아의 문Portail de la Vierge', 중앙이 '최후의 심판의 문Portail du Jugement Dernier', 오른쪽이 '성녀 안나의 문Portail Sainte-Anne'이다.

성녀 안나란 성모 마리아를 낳은 어머니의 이름이다. 어디선가 호소력 짙은 에디트 피아프의 샹송 '파리의 노트르담Notre Dame De Paris'이 들려오는 가운데 차에서 내린 나는 지나가던 학생에게 부탁해 아빠와 함께 사진을 몇 장 찍었다.

흔히 노트르담 사원이라 하지만 정식 명칭은 '파리 노트르담 대성당Cathédrale Notre-Dame de Paris'이다. 노트르담이란 Our Lady, 곧 성모 마

노트르담 대성당 정면에는 왼쪽부터 '성모마리아의 문', '최후의 심판의 문', '성녀 안나의 문'이 있다. ©강재인

리아라는 뜻이니까 우리말로는 '파리 성모 대성당'쯤 된다. 기독교가 공인되기 전 제우스신전이 있던 자리에 노트르담 사원이 착공된 것은 1163년이었다. 당시 파리 인구는 고작 2만 5천 명에 지나지 않았다. 그런 시대에 세계 최대의 고딕 건물을 착공했다는 건 당대인들의 신앙심 때문이었을까?

첨탑이 무려 130미터나 된다. 높은 건물이 없던 중세적 환경에선 가히 놀랄 만한 높이였을 것이다. 700년 이상 된 건물이 지금도 저렇게 높이 서 있다는 것 자체가 대단하다는 생각도 들었다. 아빠는 그것이 재료 탓이라고 하셨다. 동양에선 나무를 썼기 때문에 불탄 경우가 많은데 서양은 재료가 돌이라서 보존이 잘 되었다는 것이다.

광장 한가운데에 사람들이 모여 사진을 찍는 장소가 있었다. 무언가 해서 다가가보니 바닥에 프랑스 길들의 기준점이 되는 도로원표Le point zéro가 박혀 있었다.

"가운데 동판이 반짝반짝 빛나요."

"많이 밟아서 그런 거다. 동판을 밟으면 파리 땅을 다시 밟게 된다는 전설이 있다니까."

"그럼 저도 밟아야죠."

내가 선뜻 동판을 밟자 아빠는 "넌 실천형이로구나" 하시며 이런 우스갯말을 들려주셨다. 전설을 믿든 안 믿든 나처럼 일단 밟고 보는 사람은 실천형이고, 전설을 의심하여 망설이는 사람은 주저형이며, 안 그런 척하며 은근슬쩍 밟는 사람은 내숭형이고, 밟고 팔짝팔짝 뛰는 사람은 파리에 온 게 너무 기뻐 어쩔 줄 모르는 유학생이라는 것이었다.

도로원표. 광장 한가운데 있는
도로원표는 프랑스 도로들의 기준점이 된다.
©Wikimedia Commons

건물로 다가가니 입장을 기다리는 긴 줄이 형성되어 있었다. 입장료를 받는 줄이 아니라 보안검사를 받는 줄이었다.

"영화에 보면 노트르담 꼽추가 종을 치잖아요? 그 종은 어디 있어요?"

"뒤쪽 아닐까?"

나는 아빠와 함께 건물 왼쪽으로 돌아가보았다. 거기에도 긴 줄이 늘어서 있었다. 대기시간도 길지만 입장료도 10유로나 되었다. 아빠는 무릎이 아파 계단을 올라갈 자신이 없다고 하셨고, 나도 시간이 안 될 것 같아 그냥 성당 내부만 보기로 했다.

간단한 보안검사를 받은 후 안으로 들어가니 성당 안은 밖에서 보던 것보다 훨씬 크게 느껴졌다. 앙리 4세의 결혼식이나 나폴레옹 대관식이 거행되기에 어울릴 만큼 웅장하고 장엄한 장소라는 느낌이 들었다. 파리의 역사성을 상징하는 건축물은 역시 이 노트르담 사원일 것 같았다.

"예수의 가시 면류관이 보관되어 있다는 얘기도 있던데요?"

"나도 그런 소리를 들었지만 하도 많은 얘기가 있으니 믿기 어렵다. 가령 진짜라고 주장되는 예수 십자가를 다 모으면 그 길이가 지구 한 바퀴도 넘는다더라."

그래도 나는 혹시나 해서 성당 안을 살피고 다녔으나 보물창고에 보관되어 있는지 따로 전시된 면류관은 보이지 않았다. 대혁명 시대에 일부 파괴되었던 사원의 수리와 복원작업을 병행했다는 기록을 읽은 일이 있어 그 점을 언급했더니 아빠는 이렇게 말씀하셨다.

"오랜 세월을 지나다 보면 무슨 일인들 없었겠니? 하지만 노트르담 사원에 영원성을 부여한 건 그런 류의 복원작업이 아니었다."

"그럼 뭐였어요?"

같은 물건도 스토리가 붙으면 값이 더 나가는 법인데, 노트르담 사원에 감동적인 스토리를 붙여 영원성을 부여한 것은 빅토로 위고의 소설 《파리의 노트르담Norte-Dame de Paris》이었다고 아빠는 지적하셨다.

아빠의 이야기

파리를 바꾼 새로운 다리 퐁뇌프

노트르담 사원을 나온 우리는 시테 섬의 다른 유적들을 돌아보기로 했다. 우선은 사원 옆에 있는 오뗄디외 병원Hôpital de l'Hôtel Dieu이었다. 밖에서 보면 별 특색 없는 건물이라 그냥 지나치기 쉽지만 서기 651년에 문을 연 파리 최초의 병원이었다. 놀라운 건 이 병원이 아직까지 운영되고 있다는 사실이었다. 그 점에선 세계에서 가장 오래된 병원의 하나다.

콩시에르쥬리. 원래 왕궁의
일부였으나 프랑스대혁명 후 감옥으로 전환된 곳이다.
ⓒDino Quinzani from flickr

다음 블록으로 가자 건물 모양이 아무래도 감옥 같았던지 딸이 혹 감옥이 아니냐고 물었다. 사실이다. 파리 고등법원의 부속감옥인 콩시에르쥬리Conciergerie였다. 이곳은 원래 카페왕조의 왕궁 일부였으나 14세기 후반 샤를 5세가 이곳에 왕실사령부를 설치하면서 왕을 호위하는 문지기concierge의 방을 콩시에르쥬리conciergerie라 했던 것인데, 그후 건물 전체를 콩시에르쥬리라는 이름으로 부르게 되었다.

파리사법궁. 대법원, 고등법원, 검찰청, 변호사회 등 주요 사법기관이 모여 있다.
©Carlos Delgado from Wikimedia Commons

그러다 프랑스대혁명 후 국민공회가 혁명재판소를 설치하고 사형수 2,780명을 가두면서 감옥으로 전환되었지만 명칭은 변하지 않고 예전 그대로의 콩시에르쥬리로 남았다. 마리 앙투아네트와 당통, 로베스피에르 같은 역사적 인물들이 단두대의 이슬로 사라지기 전까지 투옥되어 있던 곳으로 유명하다. 지금은 박물관이 되어 있지만.

생트샤펠 성당의 내부
©Didier B (Sam67fr) from Wikimedia Commons

조금 더 걸어가자 무슨 궁전같이 생긴 건물이 나타났는데 그것이 바로 대법원, 고등법원, 검찰청, 변호사회 등 여러 주요 사법기관이 모여 있는 파리사법궁Palais de Justice de Paris이었다.

우리가 네 번째로 구경한 건물은 본래 프랑스 왕이 예배를 드리던 고딕양식의 생트샤펠Sainte Chapelle 성당이었다. 내부의 스테인드글라스가 장관이었다.

이렇게 잇달아 답사한 감옥, 파리사법궁, 그리고 생트샤펠 성당의 세 건물은 본래 프랑스 왕이 살던 시테 궁Palais de la Cité의 일부였다. 대체로 13세기 초의 건물들이다. 그와 함께 아까 본 노트르담 사원은 12세기, 오뗄디외 병원은 7세기 건물이다. 물론 이 건축물들은 중간에 훼손되거나 파괴된 것을 후대에 보수·복원하거나 증축한 경우가 많아 원형 그대로라고 할 순 없지만 기본적으로 그렇다는 얘기다. 구경을 다 하고 난 딸은 "그럼 우린 프랑스 중세시대를 통과한 거네요" 하고 웃었다.

"그렇다고 할 수 있지. 소감이 어떠냐?"

"중세 때만 해도 왕궁 규모가 그렇게 크진 않았던 것 같아요."

"맞아. 아직 왕권이 강력하지 못했거든. 하나 더 볼 게 있다."

딸을 데리고 시테 섬 서쪽 끝으로 가는데 거리의 표지판을 발견한 딸이 "아, 퐁뇌프Pont-Neuf" 하고 감탄사를 내뱉는다.

퐁뇌프는 센 강에서 가장 오래된 다리다. 앙리 3세의 결정으로 1578년에 공사를 시작한 이 다리는 그렇게 아름다운 것도 볼품 있는 구조물도 아니었으나 〈퐁뇌프의 연인들Les Amants du Pont-Neuf〉이란 영화가 상영되고 난 뒤 한국인에게도 널리 알려지게 된 다리다. 아담한 느낌을 주는 이 다리의 특징은 다리 중간중간에 반원형의 벤치를 만들어놓았다는 점이다. 연인끼리 앉아 이야기를 나누기 좋게.

센 강에서 가장 오래된 다리인 퐁뇌프는 중간중간에
반원형의 벤치가 만들어져 있다. ©강재인

그런 점 때문이었는지 이 다리는 곧 파리 연인들의 데이트 장소가 되었다. 사람들이 많이 오자 그들을 상대로 무언가 장사하려는 사람들이 생겨났다. 다리 좌우의 인도엔 행상, 곡예사, 만담꾼 외에 몸을 파는 여인들까지 모여들었다. 다

르누아르가 그린 〈퐁뇌프〉, 1872년 작
©Wikimedia Commons

리의 완공 시기와 그림 제작 시기에 상당한 시차가 있지만 아직 사회 발전의 속도가 느린 시절이었기 때문에 르누아르가 그린 〈퐁뇌프〉라는 작품을 보면 초기의 다리 풍경이 어떠했는지를 어느 정도 유추해볼 수 있다.

다리 한쪽엔 이 다리를 개통한 앙리 4세의 기마동상이 세워져 있고, 또 한쪽엔 관광명소에서 흔히 볼 수 있는 '사랑의 자물쇠들'이 빼곡히 걸려 있기도 하다.

"퐁뇌프는 새로운 다리라는 뜻인데, 왜 가장 오래된 다리를 새로운 다리라고 했을까?"

그러자 사진을 찍고 있던 딸이 고개를 갸우뚱했다. 앙리 3세의 칙명으로 건설되기 시작한 퐁뇌프가 최초의 돌다리였기 때문에 새로운 다리, 곧 퐁뇌프라는 이름이 붙게 되었다. 그 전에는 나무 다리뿐이었다. 여기서 무얼 알 수 있느냐 하면, 돌다리를 착공한 16세기 말까지만 해도 파리가 그렇게 감탄할 만한 도시는 아니었다는 점이다.

설명을 듣고 난 딸이 말했다.

"그럼 16세기까지의 파리는 이 시테 섬에 다 있는 거네요."

"그런 셈이지. 시간 어떠냐?"

"숙소 약속이 2시니까 호텔로 돌아가야 할 것 같아요."

돌아가는 길에 파리가 화려하게 변모하게 된 배경을 말해줄까도 생각했으나 그런 이야기를 들려주기엔 다음 행선지가 더 적합할 것 같아 말을 아끼기로 했다.

14
보주 광장과 빅토르 위고

본래는 왕의 광장이었던 보주 광장

호텔로 돌아온 우리가 가방을 싣고 간 곳은 파리 제2구의 마리 스튀아르로Rue Marie Stuart 20번지에 있는 아파트였다.

정문 앞에서 아파트 관리인이 우리를 기다리고 있었다. 그녀의 안내를 받아 4개의 철문을 잇달아 통과하니 건물 안에 채광을 위한 작은 정원이 나왔고, 그 정원을 통과해 다시 문을 열고 들어가 복도 끝으로 걸어가니 엘리베이터가 나왔다. 하지만 문이 열린 엘리베이터 안을 보고 아빠와 나는 깜짝 놀랐다. 들어가면 두 사람이 서로 몸을 맞대야 할 정도로 비좁은 미니 엘리베이터였던 것이다.

파리 아파트의 엘리베이터는 두 사람이 겨우 들어갈 수 있는 작은 크기이다. ©강재인

왜 이렇게 작은가 살펴보았더니 위층으로 빙글빙글 올라가는 계단 사이의 공간에 엘리베이

터를 설치한 탓이었다. 이 건물이 지어진 19세기 말에는 엘리베이터가 보편화되어 있지 않았기 때문에 설치 공간을 따로 마련하지 않아 이렇게 틈새를 이용하게 된 것 같았다.

그래도 가방을 올리는 데는 도움이 되었다. 엘리베이터에서 내리자 우리가 사용할 아파트는 문을 열고 그 안의 복도를 걸어 또다시 문을 열어야 도달할 수 있었다. 정문에서부터 거쳐온 문이 도합 7개다.

"옛날엔 도둑이 많았나 봐요."

내 말에 아빠도 웃으셨다.

에어비앤비Airbnb를 통해 얻은 이 아파트는 부엌, 화장실 2개, 목욕실, 침실, 응접실로 구성된 원 베드룸이었다. 집주인은 미국인이었는데, 관광객에게 집을 임대해주는 곳이라 그런지 인터넷 사진에서 본 대로 아주 깨끗했다. 세탁기도 있고, 디시워셔도 있고, 대형 TV도 응접실과 침실 두 군데 있었는데 둘 다 삼성 '올레드'였다. 폭이 좁은 별도의 간이 침대도 응접실 한구석에 따로 놓여 있었다.

가방을 옮겨놓은 우리는 지체하지 않고 다시 나와 지하철역으로 향했다. 목적지는 제4구에 있는 마레Marais지구의 보주 광장Place des Vosges이었는데 열차 안에서 아빠는 이렇게 말씀하셨다.

"보주 광장은 앙리 4세 때 지어진 파리에서 가장 오래된 광장이다. 시테 섬에서 16세기까지의 파리를 보았다면 이제부터는 17세기 초의 파리 모습을 보러가는 거다."

"17세기 초라구요?"

"그래. 그때까지만 해도 프랑스는 아직 중앙집권 체제가 아니었다. 그 실체를 구경하게 되는 거야."

보주 광장의 인근 메트로역은 '생폴Saint-Paul'이다. 목적지에 도착하니 붉은 벽돌과 흰 석재의 4층 집들로 둘러싸인 보주 광장은, 광장이 집들로 둘러싸였다기보다는 집들 사이에 정원 같은 광장이 배치되어 있다고 보는 편이 옳았다.

엄밀히 말하면 가로 140미터, 세로 140미터의 정사각형 정원이었다. 그 둘레에 르네상스 풍으로 지어진 아파트는 대칭성을 추구하는 프랑스 건축양식의 특징대로 광장을 드나들 수 있는 출입구가 남북 두 곳에 배치되어 있었다.

"저기 말이다. 다른 곳보다 지붕이 한 단계 더 높은 집이 보이지?"

"네."

"저런 곳이 두 군데다. 하나는 이쪽에, 하나는 저쪽에. 남쪽에 지붕이 한 단계 높은 아파트가 '왕의 집Pavillon du Roi'이고, 북쪽에 지붕이 한 단계 높은 아파트가 '왕비의 집Pavillon de la Reine'이다."

"그럼 이곳에 왕과 왕비가 살았나요?"

그런 목적으로 지었으나 왕이 이곳에 거주한 일은 없고, 루이 13세의 왕비였던 '오스트리아의 안Anne d'Autriche'이 잠깐 살았다고 한다. 오스트리아의 안이라면 루이 14세의 생모를 가리킨다. 그래서 광장 명칭도 원래는 '왕의 광장Place Royale'이었다는 것이다. 그러다 18세기 말 프랑스대혁명 때 혁명군을 처음 지지한 보주현縣으로 소유권이 넘어가면서 '보주 광장'이라 불리게 되었지만 아직도 관광지도엔 '왕의 광장'이

보주 광장을 둘러싼 아파트에는 지붕이
한 단계 높은 남쪽의 '왕의 집'과
북쪽의 '왕비의 집'이 있다. ©강재인

라 표기되어 있는 곳이 많다고 한다. 파리 시민들이 보주 광장을 가장 아름다운 광장으로 생각한다는 글을 어디선가 읽은 기억이 났다.

"아파트가 모두 몇 채예요?"

"36채라더라."

"누가 살았어요?"

"왕족과 귀족들이지."

그들이 한데 모여 살았다는 건 차별성이 별로 없었다는 뜻이라고 아빠는 말씀하셨다. 물론 지붕이 한 단계 높으니까 왕의 집이나 왕비의 집은 아파트 내부가 달랐을지도 모르지만 실제론 36채의 설계도가 동일하다는 기록이 있다는 것이다. 여기서 우리가 알 수 있는 건 적어도 17세기 초까지의 프랑스 왕은 그렇게 대단한 존재가 아니었다는 점이다. 어찌 보면 그때까지 프랑스 왕은 귀족들 중의 하나, 다시 말하면 대표귀족 같은 존재였다는 걸 보주 광장에 와서 확인하고 있는 셈이라며 아빠는 이렇게 덧붙이셨다.

"비슷하잖아? 귀족의 집이나 왕의 집이나."

"왕궁이 따로 있지 않았어요?"

"따로 있었지. 루브르 궁이라고. 뒤에 박물관으로 바뀐 그 궁전은 내일 가보기로 하고, 오늘은 이 보주 광장에서 관람이 허용된 아파트 내부를 좀 구경해보기로 할까?"

"어딘데요?"

"저 끝."

아빠가 가리키신 곳으로 가기 위해 건물 쪽으로 가까이 다가가니 1층엔 비에 젖지 않게 걸을 수 있는 일종의 외부 회랑이 있었다. 옛날에 한 번 와본 기억이 나시는지 아빠는 광장의 사각형이 꺾이는 지점으로 뚜벅뚜벅 걸어가셨다.

아빠의 이야기

빅토르 위고의 집.
외부회랑 안쪽 모서리에
빅토르 위고의 집을 알리는
파란색 번호판과 팻말이 보인다.
©Frédérique PANASSAC
from flicker

빅토르 위고의 흔적을 찾아서

하도 오랜만이라 자신은 없었다. 그러나 관광 명소라면 그곳을 찾는 관람객이 있기 마련이다. 과연 사람들의 발걸음이 향하는 곳이 있었다. 그 점에 희망을 두고 다가가니 아파트 호수를 나타낸 파란색 번호판 옆에 '빅토르 위고의 집Maison de Victor Hugo'이란 팻말이 나타났다.

"어제 시테 섬에 가서 보았잖아? 《파리의 노트르담》 말이다. 그 작품을 발표한 위고는 돈을 많이 벌었던지 원래는 왕족이나 귀족들만 살던 이 보주 광장에 아파트를 한 채 빌린 거야. 지금 그 내부를 구경하러 가는 거다."

"언제부터 살았어요?"

"1832년부터. 《파리의 노트르담》을 발표한 게 1831년이고. 그 뒤론 작가나 예술가들이 이곳에 많이 살았다."

시기를 달리하지만 이 아파트들엔 소설가 알퐁스 도데, 여류소설가 콜레트, 소설가 조르주 심농, 작가 쥐스트 올리비에, 작가 알리에, 무용가 이사도라 던컨, 화가 조르주 디프레누아, 배우 프랑시스 블랑쉬, 가수 미셸 조나스, 재무장관 도미니크 스트로스 칸, 교육장관 자크 랑

아파트 2층으로 올라가는 계단 중간에 설치된
빅토르 위고의 저작물과 홍보 배너 ©강재인

등의 명사들이 살았다.

정문에 보안검색대가 있었다. 파리에선 기념관 같은 데 들어가려면 어디서나 보안검색을 받아야 한다. 밖에 있다 들어가자 안이 컴컴해서 왼쪽으로 들어가야 할지 오른쪽으로 들어가야 할지 모르겠기에 우선 오른쪽에 서 있는 관리인에게 물어보려고 몸을 돌렸더니 그쪽에서 먼저 질문을 던져왔다.

"자포네?"

"코레앙."

그러자 관리인 입에서 느닷없이 한국어가 튀어나왔다.

"무료!"

발음도 아주 정확했다. 그 말을 듣고 딸과 나는 웃음을 터뜨리지 않을 수 없었다. 입장료를 물어보는 한국인이 많았던 모양이다. 셀카봉은 갖고 들어갈 수 없다고 하여 보관소에 맡긴 뒤 2층으로 올라갔다.

빅토르 위고가 《레미제라블Les Misérables》을 집필한 곳으로 알려진 역逆ㄴ자 형태의 이 아파트는 방이 모두 7개였는데, 우리 감각으론 약 85평쯤 되는 공간이다. 현관으로 들어가면 대기실이 나오고, 그 다음은 응접실, 그 다음은 당시 유럽 상류층 사이에 유행하던 청나라 접시나 판화 등으로 장식한 중국방Salon chinois이 나온다. 여기까지는 광장을 마주하는 방들이어서 창으로는 아름다운 광장을 내다볼 수 있다.

7개의 방 가운데 가장 관심이 가는 방은 집필실이었다. 깃털 펜으로 글을 썼던 모양인데 책상 앞에는 의자가 없고 그 높이도 의자를 놓고 앉는 책상보다 높았다. 서서 글을 썼던 것이 분명하다. 그 책상 위를 손으로 쓰다듬어보던 딸이 물었다.

"이 위에서 위고가 집필한 건 로망roman이었겠죠?"

"그렇지. 불어로 로망이고 영어로 노벨novel이라고 하는."

"근데 왜 우리말로는 소설이라고 하는 거예요?"

나는 갑자기 뒤통수를 한 대 얻어맞은 기분이었다. 엉뚱하지만 문학 자체를 설명해야 하는 물음이었기 때문이다. 잠시 숨을 돌리고 난 나는 이렇게 대답해주었다.

소설이란 낱말은 《장자莊子》 '외물편外物篇'에 처음 등장하는데, 그 뜻은 인간의 큰 도리와 관계없는 '작은 이야기小說', 곧 시정잡배들의 하찮은 이야기란 뜻이다. 하찮은 것으로 간주되었기 때문에 한국에서도 제대로 된 대접을 받을 수가 없었다. 그러다 서구에서 노벨이 활짝 꽃피는 19세기 이후 그 영향을 받은 일본의 영향 하에 한국 소설도 비로소 문학 차원의 대접을 받게 되었지만 최근엔 다시 홀대받는 경향이

빅토르 위고가 사용했던
책상과 깃털 펜 ©강재인

보인다고 하자 딸이 다시 물었다.

"19세기라면 위고가 활동하던 때인데, 왜 그 시대에 서구 소설이 꽃피게 된 거예요?"

"좋은 질문이다."

나라마다 상황과 용어가 다르고 세부적으로 들어가면 복잡하지만 일단 단순하게 구분해볼 때 서구 소설은 크게 두 종류가 있었다. 하나는 귀족문학인 로맨스romance, 다른 하나는 서민문학인 노벨novel. 그런데 서민문학인 노벨이 대대적인 각광을 받기 시작하는 건 19세기에 들어오면서부터다. 그 이유는 상공업 등에 종사하는 시민계층이 대폭 확대되고, 그들에게 야기되는 갖가지 사회문제를 작가들이 노벨 속에서 다루기 시작했기 때문이다. 말을 듣고 있던 딸이 물었다.

"위고는 낭만주의 거장이었다고 하던데요?"

"문학사조의 세부적 측면에선 그렇지. 하지만 그 역시 사회문제를 다루었다. 《레미제라블》을 생각해봐라. 노벨novel이 뭐냐 하면 '새로운 것에 대한 짧은 이야기'란 뜻의 라틴어 노벨라novella에서 온 말인데, 그럼 노벨라의 원 뜻은 뭐냐? '새로운 뉴스'다. 매체가 발달되지 않은 19세기엔 노벨, 곧 소설이 문학성 외에도 새로운 뉴스와 사조를 전하는 금일의 매스컴 비슷한 역할을 수행했거든. 위고는 그 정점이었지. 사회적 영향력이 엄청날 수밖에 없었던 거야."

마지막 일곱 번째 방인 침실에는 사회적 영향력이 엄청났던 대문호 빅토르 위고가 사망할 당시의 침대가 그대로 재현되어 있었다. 어제 방문한 팡테옹 지하무덤에 그의 관이 안치되어 있던 기억이 난다. 위고가

7번째 방에는 빅토르 위고가 사망할 당시의 침대가
그대로 재현되어 있다. ©강재인

1832년부터 1848년까지 16년 동안 살았던 이 아파트가 현재의 기념관이 된 것은 1903년부터다. 내 상념은 시간을 넘나들기 시작했다.

빅토르 위고는 19세기 사람이다. 그러나 딸과 함께 구경한 것은 17세기 초 앙리 4세 때 지어져 유럽 공동주거시설의 한 모형이 된 파리 아파트의 내부구조다. 17세기도 19세기도 나름대로는 다사다난하고 복잡한 시대였다. 하지만 날마다 문제가 쏟아지는 현대인의 시각에서 돌아보면 평화로운 시절의 평화로운 세계였다는 생각이 든다.

15
루브르 박물관과 모나리자

음식의 평등을 불러온 바게트

아침 일찍 침실에서 나오니 아빠는 아직도 응접실의 간이침대에서 주무시고 계셨다. 원래는 침실을 드리려고 했으나 아빠가 만류하셨다.

"아니다, 아빠는 남자고 넌 여자 아니냐?"

나는 발꿈치를 들고 조심조심 밖으로 나왔다. 아빠가 좋아하시는 바게트를 사오기 위해서였다. 바게트는 저녁에 사두면 굳어져서 맛이 없다. 그렇기 때문에 "우리나라도 바게트를 배달해주는 곳이 있으면 좋겠다"는 말을 들으며 자랐다. 젊어서 아빠가 여행하신 나라 가운데는 아침마다 갓 구운 빵을 배달해주는 곳이 있었다는 것이다.

인터넷으로 검색한 근처의 유명 빵집을 찾아갔다. 가게를 지키던 아주머니가 무얼 원하느냐는 눈길을 보내기에 진열대 뒤에 수북이 쌓여 있는 바게트를 가리키며 대학에서 배운 불어를 처음 사용해보았다.

"J'aimerais deux baguettes(바게트 2개 주세요)."

조마조마했는데 통했다. 바게트가 1유로 남짓이라는 이야기를 들은 일이 있어 1유로짜리 동전 3개를 꺼내니 아주머니는 그걸 동전 기계에 넣으라고 했다. 지시대로 하자 거스름 동전이 나왔다. 빵가게에 동전 기계가 있다는 것도 좀 이색적이었다.

겉은 딱딱하지만 속은 부드럽고
씹을수록 쫄깃한 맛이 나는 바게트
ⓒYann Forget from Wikimedia Commons

아파트로 돌아와 커피를 끓이고, 어제 저녁 식품점에서 사온 혼합 샐러드를 씻어 잘게 썬 훈제 연어를 섞은 다음 드레싱과 함께 식탁에 올려놓았다. 바게트는 겉이 딱딱하지만 속은 부드럽고 씹을수록 쫄깃한 맛이 난다.

"역시 바게트다."

아빠는 아주 만족스러운 표정을 지으셨다. 그 모습을 보자 사오길 잘했구나 싶었는데 실제 버터와 잼을 발라 먹어보니 너무너무 맛있었다.

"값도 1유로 남짓이던데요."

"그게 아마 법으로 통제받아 그럴걸?"

"에? 통제받는다구요?"

옛날 가난한 사람들은 검은 빵, 부자들은 흰 빵을 먹었는데, 대혁명 뒤로는 부자나 가난한 사람이나 재료와 성분이 같은 빵을 먹는 이른바 '빵의 평등권Pain d'égalité'이 선포되었다고 한다. 그때 바게트의 길이는 80센티미터, 무게는 250그램으로 한다는 등의 규정과 함께 가격도

지방법인가로 통제되다가 1980년에 와서 자율화되었으나 아직도 그 전통이 남아 가격이 크게 오르진 않는 것 같다는 얘기다.

"재미있네요. 빵의 길이와 무게, 그리고 가격까지 법으로 통제한 나라가 있었다는 게. 바게트는 원래 막대기란 뜻이죠?"

"그래. 정식 명칭은 막대기 빵Baguettes de pain이었을 거야."

"바게트를 나폴레옹이 만들었다는 설이 있던데요? 전쟁 중 병사들이 배급받은 둥근 빵을 바지주머니에 휴대하는 것이 행군에 방해되는 것을 보고 나폴레옹이 등에 꽂고 행군할 수 있는 막대기 빵을 만들라고 자신의 요리사들에게 지시했다고요."

"사실일까? 연대가 안 맞아. '빵의 평등권'이 나폴레옹의 등장보다 앞서거든."

"하긴 오스트리아 빈의 긴 빵이 수입되어 프랑스에서 바게트로 발전했다는 설도 있고, 파리 메트로를 건설할 때 노동자들이 칼 없이도 잘라 먹을 수 있는 막대기 빵을 가지고 다닌 데서 유래했다는 설도 있고요."

"메트로 설도 '빵의 평등권'보다 한참 뒤가 아니냐?"

"그러네요. 속설은 그냥 속설인가 봐요."

그렇게 바게트에 대한 이야기를 나누며 아침을 먹은 뒤 오늘 관람하기로 한 루브르 박물관Musée du Louvre의 동선에 대해 의논하기 시작했다. 영어 위키백과에는 수장품이 모두 38만 점이라고 기록되어 있고, 불어 위키백과에는 55만 점이라고 기록되어 있었다.

"그게 다 전시되어 있진 않겠죠?"

"불가능하지. 통상 전시되는 작품은 3만 5천 점 정도인데 그래도 이게 간단한 숫자가 아니야. 미리 볼 품목을 정해두고 가지 않으면 몸이 피곤해진다."

젊어서 대영박물관이나 메트로폴리탄미술관 등을 구경하신 아빠의 관람 요령이기도 했다. 근동·이집트에서부터 현대에 이르기까지 보아야 할 회화와 조각품이 너무 많기 때문에 중점 대상을 정해두지 않으면 나중엔 눈과 다리와 허리가 다 피로해진다는 것이었다. 루브르 박물관의 전시실은 모두 403개. 돌아다녀야 할 갤러리의 총넓이는 우리 개념으로 약 2만 2천 평.

"다리가 아플 텐데 괜찮으시겠어요?"

"괜찮다. 너랑 다니니 힘이 나는 것 같구나. 우리에게 이런 시간이 있었던가?"

"없었죠, 아마?"

내가 배시시 웃으며 볼펜으로 적은 명단을 건넸다. 그러자 아빠가 다시 두어 군데 추가하시고 해서 완성된 관람 목록은 다음과 같았다.

① 다빈치의 〈모나리자La Joconde〉

② 〈밀로의 비너스Venus de Milo〉

③ 니케의 〈승리의 날개La Victoire de Samothrace〉

④ 앵그르의 〈목욕하는 여인La Baigneuse Valpinçon〉

⑤ 티에폴로의 〈최후의 만찬La Cène〉

⑥ 프랑수아 부셰의 〈다이아나의 목욕Bain de Diane〉

⑦ 모리스 캉탱 드 라 투르의〈퐁파두르 후작부인La marquise de Pompadour〉

⑧ 들라크루아의 〈민중을 이끄는 자유La Liberté guidant le peuple〉

⑨ 미켈란젤로의 〈빈사의 노예L'Esclave mourant〉

⑩ 다비드의 〈나폴레옹 대관식Le Sacre de Napoléon〉

이 작품들을 중점적으로 찾아다니는 중간중간에 다른 작품도 감상한다는 복안이었다.

루브르 박물관 전경 ©강재인

아빠의 이야기

16세기 루브르 궁은 현재 크기의 45분의 1

서두른다고 했는데도 박물관에 도착하니 벌써 오전 10시였다. 숙소에서 멀지 않은 곳이라 걸어갔으나 참고로 루브르 박물관의 인근 메트로역은 루브르-리볼리Louvre-Rivoli다. 지금은 박물관이 되어 있는 루브르 궁Palais du Louvre의 건물부터 감상하기로 했다.

아파트의 위치 때문에 우리가 먼저 들어가게 된 곳은 튈르리 정원Jardin des Tuileries 쪽이 아니라 포르트 데 자르Porte des Arts 쪽이었다. 건물에 둘러싸여 ㅁ자가 되어 있는 사각형 마당cour carée으로 들어서니 때가 묻어 어두운 색이지만 마당을 둘러싸고 있는 건물의 단아하고도 장중한 기품이 느껴졌다.

이곳에 축조되었던 성채는 14세기 샤를 5세 때 왕궁으로 바뀌었고, 그 뒤 프랑수아 1세→앙리 2세→루이 13세→루이 14세 등을 거치며 크기가 점점 늘어나 마침내 나폴레옹 3세 때인 1860년에 와서 현재의 모습이 완성되었다.

따라서 16세기 중반까지의 왕궁은 현재 우리가 보고 있는 루브르 박물관 전체 건물의 45분의 1 정도에 지나지 않는 단출한 궁전이었다는 것을 알 수 있다. 이렇게 되면 초기의 루브르 궁도 어제 본 보주 광장의 건물과 별반 다르지 않게 되는 것이다. 지금 볼 수 있는 루브르 박물관의 웅장한 모습은 16세기 중반부터 19세기 후반까지 9명의 왕을 거치며 규모를 점차 확대해온 결과물이기 때문이다.

루브르 궁전의 일부.
초기 궁전의 모습이다. ©강재인

루브르 박물관의 유리 피라미드 ©강재인

사진을 몇 장 찍은 뒤 나폴레옹 마당Cour Napoléon으로 들어가니 중국계 미국인 건축가 이오 밍 페이가 디자인했다는 유리 피라미드가 보였다. 앞으로 다가가자 입장하려는 관람객들이 장사진을 치고 있었다.

"이래서 아침 일찍 가라고 안내책자 같은 데 나와 있는 거네요."

"줄을 서야겠구나."

"잠시만요. 저건 표 사는 줄 같은데요."

그곳 안내원에게 물어보니 역시 그랬다. 표를 미리 구입한 사람의 줄은 달랐다. 딸이 인터넷을 통해 박물관 표를 미리 구입했기 때문에 우리는 입장객 줄에 섰다.

루브르 박물관을 찾는 관람객은 매년 8~9백만 명에 이른다. 이들의

루브르 박물관 입장을 위해 유리 피라미드 앞에 늘어선 관람객들 ©강재인

효율적 입장을 유도하기 위해 만들었다는 유리 피라미드 앞의 긴 줄은 입장권이 아니라 보안검사를 하기 위한 것이었다. 명작들이 많기 때문에 감시는 철저했다. 눈에는 잘 띄지 않는데 이곳 감시요원만 1,232명이고, 감시 카메라는 모두 900대가 설치되어 있다고 한다.

검사대를 통과한 뒤 에스컬레이터를 타고 지하 2층으로 내려갔다. 프랑스의 층수는 한국이나 미국과 계산하는 방법이 다르다. 우리의 1층은 프랑스식으로 0층이고, 우리의 2층은 프랑스식으로 1층이다. 처음 엘리베이터를 탈 때 혼란을 겪었다. 지하 2층 안내소에 가면 한국어로 작성된 무료 안내지도가 있다.

딸과 함께 명단에 적은 작품들을 찾아다녔다. 미술전문가들이 우리

돈 1조 원 이상의 가치로 추정하고 있는 〈모나리자Mona Lisa〉는 드농관Denon 2층에 전시되어 있었다. 그곳은 언제나 몰려드는 관람객 때문에 앞에서 정밀 사진을 찍는 것이 사실상 불가능했다.

루브르 박물관 지하 2층에 있는 안내소 ©강재인

모나리자가 유명해진 이유

레오나르도 다 빈치가 피렌체의 부호 프란체스코 델 지오콘도를 위해 그 부인을 그린 것이라는 〈모나리자〉는 세로 77센티미터, 가로 53센티미터의 작은 유채 패널화에 지나지 않는다. 지오콘도의 부인을 그린 초상화이기 때문에 이탈리아에서는 〈라 조콘다La Gioconda〉, 프랑스에서는 〈라 조콩드La Joconde〉라 부르는 〈모나리자〉가 저렇게까지 유명해진 이유는 무얼까?

〈모나리자〉 앞은 언제나 관람객들로 붐빈다. ©강재인

미인의 전형, 신비한 미소 등 여러 가지 해설이 있지만 그것만으로는 잘 납득되지 않는지 딸은 고개를 갸우뚱한다. 그래서 좀 더 납득할 만한 설명을 들려주기로 했다.

“사실은 도난사건으로 매스컴을 탔기 때문이다. 당시 프랑스 유력

우리 돈 1조 원의 가치로 추정되는 〈모나리자〉
ⓒWikimedia Commons

신문인 〈르피가로〉, 〈프티 파리지앵〉, 〈파리-주르날〉을 위시하여 미국의 〈뉴욕타임스〉, 〈뉴욕저널〉 등이 대대적으로 보도하면서 이 작은 그림은 세계적인 뉴스가 되었던 거야. 그것도 되찾기까지 장장 2년 동안."

"누가 훔친 거예요?"

"루브르 박물관 직원이었던 이탈리아 사람. 그는 이 작품이 이탈리아 출신의 레오나르도 다 빈치가 그린 것이기 때문에 이탈리아 박물관으로 가져가야 한다는 애국심에서 훔쳤다고 털어놓았지. 하지만 그건 나중 일이고, 사건 당초엔 아폴리네르와 피카소가 도둑 용의자로 몰려 체포되었다."

"네에?"

〈파리-주르날〉은 그림의 행방정보에 대한 현상금을 내걸었고, 이 현상금을 타기 위해 신문사에 편지를 보낸 자칭 도둑은 자기의 신원이 '이냐스 도르므상 남작Baron Ignace d'Ormesan'이라고 밝혔는데, 그 이름은 바로 시인 아폴리네르가 쓴 단편소설집《이단교주 주식회사L'Hérésiarque et Cie》의 주인공 이름이었다. 자칭 도둑은 4년 전 루브르 박물관에서 훔쳤다는 동상을 증거로 보여주면서 자기가 한때는 아폴리네르의 비서로 그의 지시를 받고 행동을 취한 것이었다고 털어놓았다.

이 같은 기사가 실리자 경찰이 조사에 들어갔고, 원래 이탈리아에서 온 아폴리네르는 도난 미술품을 구입한 흔적이 있는 등 여타 행적도 수상쩍은 데가 있어 전격 체포된다. 아폴리네르는 가까운 사람들을 모조리 취조하겠다는 경찰 으름장에 자기와 친한 피카소 이름을 댄다. 이 바람에 구속된 피카소는 화가 나서 아폴리네르를 처음 보는 사람이라고 발뺌한다. 이후 강도 높은 조사가 이어졌으나 더 이상 다른 증거가 나오지 않자 투옥되었던 아폴리네르는 먼저 풀려난다.

하지만 이 일로 애인 마리 로랑생은 아폴리네르와 결별을 선언하고, 이에 슬픔을 느낀 아폴리네르는 〈미라보 다리〉라는 시를 발표한다. 이런저런 사건들이 잇달아 보도되면서 〈모나리자〉는 더욱 유명세를 타게 되었던 것이다. 이야기를 다 듣고 난 딸이 결론지었다.

"〈모나리자〉가 유명해진 건 결국 매스컴 때문이었네요."

"그래. 지금도 그렇잖니? 누구든 신문이나 TV에 자주 등장하면 유명인사가 되어버리는."

그렇게 대답했지만 그게 전부는 아니었다. 앞에 서 있던 사람들이 빠져나가 좀 더 가까이 다가가서 그림을 감상할 수 있었다. 안개에 싸인 것처럼 윤곽선을 사라지게 하여 부드럽고 섬세한 색의 변화를 주는 스푸마토sfumato 기법으로 그렸다는 두 입술. 그 언저리에 알 수 없는 미소를 머금은 모나리자가 그윽한 눈으로 이쪽을 바라보는데, 온화한 듯 오싹한 그녀의 신비로운 매력은 역시 부정할 수가 없었다.

16

'왕의 애인' vs. '여권운동 선구자', 퐁파두르 부인

18세기의 문화 아이콘 퐁파두르 부인

〈승리의 날개〉, 〈목욕하는 여인〉, 〈최후의 만찬〉, 〈민중을 이끄는 자유〉 등 루브르 박물관 감상명단에 적은 작품들은 다 불후의 명작이지만 그 가운데서도 묘하게 마음이 끌리는 작품은 쉴리관Sully 3층에 전시된 〈퐁파두르 후작부인La marquise de Pompadour〉이었다. 화가 모리스 캉탱 드 라 투르가 5년여에 걸쳐 완성했다는 1.7미터 크기의 실물대 초상화 앞에 서자 나는 그 화려함과 아름다움에 압도되고 말았다.

우윳빛 피부와 단정한 이목구비, 그윽한 눈길. 화려한 무늬의 드레스를 입은 채 악보를 펼치고 의자에 앉아 있는 퐁파두르 부인의 자태는 지금 보아도 눈부시다. 그냥 아름답다기보다도 우아하고 지적이며 어딘가 기품이 넘쳐흐른다.

"예쁘죠? 34세 때의 모습이에요."

"너와 또래인데, 그래서 와보자고 한 건 아닐 테고. 설명을 좀 해다오."

아빠의 주문에 나는 마이크를 잡은 기분이었다.

모리스 캉탱 드 라 투르가 그린 초상화 〈퐁파두르 후작부인〉,
1755년 완성 ©Wikimedia Commons

문화의 아이콘

머리를 뒤로 깔끔히 빗어 넘긴 1954년경의 가수 엘비스 프레슬리
ⓒWikimedia Commons

"저 머리 스타일요. 앞머리를 깔끔하게 빗어 넘기는 헤어스타일을 유럽 전역에 유행시킨 장본인이 바로 퐁파두르 부인이었대요. 나중엔 가수 엘비스 프레슬리의 머리에서 보는 것 같은 남자 헤어스타일을 가리키는 말이 되었지만요."

그렇게 내가 아는 지식을 한껏 뽐내고 있자니 대학생으로 보이는 한국 젊은이들 서너 명이 우리 옆을 둘러싸기 시작했다. 그들의 인기척을 느끼지 못한 아빠가 물으셨다.

"엘비스 프레슬리 같은 헤어스타일은 흔히 올백all back이라 하지 않니?"

"올백은 일본식 영어 '오루바꾸all back'에서 온 말이라던데요."

"아, 그랬던가?"

영어론 슬릭크드 백 헤어slicked back hair가 맞지만 보다 전문적으론 폼파도어 헤어컷Pompadour haircut이다. 무엇이든 그녀가 좋아하는 건 유행이 되었다. 그녀가 좋아했던 분홍색은 폼파도어 로즈Pompadour rose라 불리고, 그녀가 신고 있는 하이힐은 현재 시중에서 판매되는 '폼파도어 슈즈Pompadour shoes'의 원형이다. 한마디로 그녀는 문화아이콘이나 다름없었다. 심지어 비데bidet 같은 것도 퐁파두르 부인이 청결소독제와 향수를 넣어 사용하던 뒷물대야가 발전한 것이라는 설이 있다. 그림 속

프랑수아 부셰가 그린 초상화 〈퐁파두르 후작부인〉, 1756년 작 ©Wikimedia Commons

의상인 '로브 아 라 프랑세즈robe à la française'도 그녀가 유행시킨 색백가운sack-back gown이다.

"어둡고 장엄한 바로크 시대의 취향과 반대로 밝고 우아하고 경쾌한 이 느낌은…."

"로코코rococo 양식이죠. 이거 좀 보시겠어요?"

내가 핸드폰에서 찾은 작품은 프랑수아 부셰가 그린 초상화였다.

캉탱 드 라 투르가 그린 초상화보다 1년 뒤인 35세 때의 모습이다. 의자에 비스듬히 기대어 책을 읽고 있다가 창문 쪽으로 눈길을 돌린 그녀가 입고 있는, 리본과 레이스와 장미꽃으로 장식한 드레스는 보기에 부담스러울 정도로 화려하다.

"내 눈에 띄는 건 여자가 들고 있는 책이다. 손에 책이 들려 있음으로 해서 얼굴만 예쁜 게 아니라 지식과 교양을 갖추고 있다는 느낌을 주지 않니?"

"저 시대의 왕족이나 귀족 초상화엔 책을 들고 있는 모습이 많던데요."

"아니, 이건 그런 종류의 연출이 아니다. 벽에 걸린 캉탱 드 라 투르의 초상화를 다시 볼까."

벽으로 눈길을 돌리니 퐁파두르 부인이 들고 있는 것은 책이 아니라 악보였다. 자세히 보면 의자 뒤에 놓인 기타도 눈에 띈다. 또 오른쪽 탁자 밑에는 무슨 판화 같은 것도 놓여 있다. 아빠의 관찰은 역시 세밀한 데가 있다. 이쯤해서 마이크를 넘겨드리는 게 옳겠다는 생각도 들었다.

평민의 딸이 왕궁에 들어가기까지

"음악과 미술에 조예가 있었다는 건 저도 알고 있었어요."

"조예가 있었지. 악기 클라비코드를 수준급으로 연주했다는 기록이 있고 아마추어로서는 뛰어난 그림 솜씨를 보였어. 그런데 그림 오른쪽에 있는 책상을 봐라. 거기 꽂혀 있는 두꺼운 책들 말이다."

아빠의 지적에 초상화를 자세히 보니 매우 사실적으로 그린 책상 위의 책들은 다름 아닌 디드로의 《백과전서Encyclopédie》와 몽테스키외의 《법의 정신De l'esprit des lois》, 볼테르의 《라 앙리아드La Henriade》 등이었다.

"디드로, 몽테스키외, 볼테르는 다 계몽주의 사상가들 아니었어요?"

"왜 아니었겠니? 게다가 퐁파두르 부인과 아주 가까운 사람들이었지."

"서로 대화가 통했나 보죠?"

"아주 많이. 몽테스키외와 문학을 말하고 볼테르와 철학을 논할 정도로. 당시 지식인들은 그녀를 '미와 학식을 겸비한 당대의 비너스'라고 찬미했다는 기록도 있다."

"그럴 정도의 학식이 있다는 건 몰랐어요. 대체 어떻게 성장한 여자였어요?"

나는 아빠 쪽으로 고개를 돌렸다. 프랑스 역사상 가장 귀부인다웠다는 평을 들은 퐁파두르 부인의 본명은 잔느 앙투아네트 푸아송 Jeanne Antoinette Poisson이었다. '물고기'라는 뜻의 푸아송은 생선 잡는 어부나 생선장수에게 붙여지던 성씨로 그녀의 조상이 귀족은 아니었다는 반증이라고 한다.

"그럼 아버지는 뭐 하는 분이셨어요?"

"원래 음식조달업을 하다가 사기거래죄를 저질러 독일로 야반도주한 모양이야. 이렇게 되면 보통 먹고사는 게 어려워지는 법인데 미인이었던 잔느(퐁파두르 부인) 어머니에겐 부자 애인이 있었어."

잔느의 법적 보호자가 된 어머니의 애인은 왕궁을 대신해 세금을 거둬들이던 징세청부업자fermier général 뚜르느엠이었다. 왕궁을 대신해 세금을 거둬들이는 직업이니 얼마나 떡고물이 많이 떨어졌겠는가? 귀족을 능가하는 부를 누리던 그는 다섯 살 난 잔느를 귀족 자녀들의 교육기관이던 소녀 수녀원에 집어넣었다.

그러나 아홉 살 때 잔느가 백일해에 걸려 집으로 돌아오자 어머니는 병약한 딸의 수명을 알아보려고 점쟁이에게 데려갔다. 거기서 딸이 장차 왕의 마음을 지배하는 왕비가 될 것이라는 예언을 듣고 몹시 흥분했고, 그 예언을 전해들은 뚜르느엠은 잔느에게 음악·미술·연극·시문학·수사학·예법·역사·수학·철학 등 각 분야의 최고 가정교사들을 붙여 최상의 교육을 받도록 조처했다.

잔느는 스무 살 때 결혼했고, 결혼 후엔 파리의 저명 살롱들을 순례하다가 법적 보호자 뚜르느엠으로부터 결혼선물로 받은 영지 안에 그녀 자신의 살롱을 열었다. 여기서 볼테르, 몽테스키외 같은 많은 문화적 엘리트들을 만나 교유하면서 우아한 화술과 위트 같은 것을 익히게 된다.

"왕궁에 들어가기 전부터도 계몽 사상가들과 친분이 있었군요?"

내가 놀란 표정으로 물었다.

"그랬지. 어찌 보면 어릴 때 점쟁이한테 들은 왕비의 꿈을 버리지 않고 계속 그 준비를 하고

1748년경의 루이 15세 초상화, 작자미상 ©Wikimedia Commons

있었던 거야."

그러다 길목에서 사냥을 나가던 루이 15세와 마주치게 되었고, 이를 계기로 베르사유 궁의 가장무도회에 초대받게 된다. 루이 15세는 그녀를 '왕의 애인Maîtresse royale'으로 받아들이기 위해 이혼을 시키고 후작부인의 작위를 내린다. '퐁파두르 후작부인.' 그녀가 스물세 살 때부터 불리기 시작한 새 이름이다.

루이 15세의 비선실세

퐁파두르 부인이 '왕의 정부'나 심지어는 '왕의 창녀'였다고 쓴 글들이 간혹 발견되는데 이는 maîtresse(불어)나 mistress(영어)라는 단어를 잘못 해석한 탓으로 보인다고 아빠는 지적하셨다. '왕의 애인Maîtresse royale, Royal Mistress'은 첩이나 측실을 허용하지 않고 일부일처제를 고수한 프랑스, 영국, 폴란드 등 기독교 국가의 왕실에서 채택한 역사적 제도이자 역사적 용어였다. 실제 지위는 동양의 '후궁' 비슷했다. 평민은 '왕의 애인'이 될 수 없으니까 루이 15세 또한 그녀에게 후작부인의 작위부터 내렸다는 것이다.

"평민 출신이라 당해야 했던 멸시 같은 건 없었나요?"

"왜 없었겠니? 눈에 쌍심지를 켜고 지켜들 보았지. 하지만 그녀는 왕의 총애를 받지 못하던 왕비부터 자기편으로 끌어들여 정적들의 공격을 막아내는 방패막이로 사용했거든."

"슬기로웠네요."

"아주 총명했지. 루이 15세는 지독한 바람둥이여서 육체적 아름다움만으론 왕의 마음을 오래 붙들 수 없다는 걸 깨닫고 학식과 교양과 지혜로 무장하기 시작했지. 이것들로 루이 15세가 자기에게 의존하는 마음을 갖도록 만든 거야."

점차 그녀의 의견은 왕의 결정에 중요한 영향을 미치게 되었다. 마침내 국정 전반을 좌지우지하게 되었을 때 그녀는 "나의 시대가 왔다"는 유명한 말을 남긴다. 어느 정도였느냐 하면 오스트리아 및 러시아와 3국동맹을 맺고 프로이센-영국과 7년전쟁에 돌입할 정도였다는 것이다.

3국동맹은 300년 동안 적대관계였던 오스트리아와 손잡았다는 점에서 '외교혁명'이라 불릴 만했지만 7년전쟁이 패전으로 끝나는 바람에 북아메리카와 인도의 식민지를 잃게 되었다. 이에 낙담해 있던 왕을 그녀가 "우리 뒤에 대홍수Après nous, le déluge→우리 죽은 뒤에 대홍수가 나든 말든"이란 말로 위로했다는 유명한 일화가 전해지기도 하나, 실제 이 말은 당시 유행하던 속담이었을 뿐이라는 설도 있다.

"프랑스의 최순실이었나봐요."

"전혀 다르지. 무엇보다도 부를 탐하지 않았거든. 오히려 작가와 예술가를 후원해 프랑스 문예를 최고 수준으로 끌어올렸고, 국방을 위해 가난한 귀족 자제를 장교로 길러내는 왕립사관학교를 설립했어. 바로 이 사관학교에서 나폴레옹이 배출되는 거야. 또 수입에만 의

양쪽에 촛대가 달린 세브르 꽃병, 1760년 작 ©Wikimedia Commons

존하던 도자기의 국산화를 위해 제작소를 설치했는데, 여기서 세브르 Sèvres 도자기라는 세계적인 명품이 생산되었던 거고."

"공헌한 게 많네요."

"많아. 나중에 가볼 콩코르드 광장도 그녀가 관계했던 거야. 뭐, 소장하고 있던 책만 3천 5백 권이었다니까. 그 대부분이 정치·군사·경제 방면 책이었다는 거야. 그녀가 추구하려던 것은 대체 무엇이었을까?"

'왕의 여인'을 넘은 정치적 파트너

재물은 아니다. 여러 가지 정황을 대입해보면 일종의 성취욕 같은 거였다고 볼 수 있다. 친구에게 보낸 편지에도 '나는 진심으로 그를 사랑했다. 그러나 왕이 아니었다면 절대로 그를 사랑하지 않았을 것'이라는 문구가 쓰여 있었다고 한다.

허약한 그녀는 나이 서른부터 루이 15세와 잠자리를 같이 하지 않았다. 그 대신 베르사유 궁의 사슴공원Parc-aux-Cerfs에 마련된 주택들에 시종들이 파리 근교에서 모집한 소녀들이 살도록 하고, 그녀들로 하여금 왕의 수청을 들게 했다. 그녀들 가운데 루이 15세가 각별히 총애하여 애까지 낳은 마리 루이즈 오뮈르피란 소녀가 있었다.

희대의 바람둥이 카사노바가 그 아름다움을 극찬한 바 있는 오뮈르피는 '늙은 여자'라고 경멸하던 퐁파두르 부인을 쫓아내고 자기가 그 자리를 차지하기 위해 왕을 움직여보았으나 도리어 궁 밖으로 쫓겨나는 신세가 된 건 그녀 자신이었다고 한다.

마리 루이즈 오뮈르피를 모델로 하여 그린 것으로 추정되는 프랑수아 부셰의 〈엎드리고 있는 소녀〉
ⓒWikimedia Commons

"퐁파두르 부인의 권모술수가 뛰어났던가 봐요."

"그런 것보다도 '늙은 여자'가 단순한 왕의 여인이 아니라 정치적 파트너라는 걸 오뮈르피가 이해하지 못했던 거야. 모든 면에서 뛰어난 여인이었거든. 하지만 가인박명佳人薄命이라고 일찍 죽어. 43세 때."

7년전쟁의 패배 이후 퐁파두르 부인의 평판은 아주 나빴다. 그런 가운데 숨을 거두자 만든 이의 이름을 숨긴 그녀의 묘비명이 나돌았는데 거기 새겨진 문구는 다음과 같았다.

'20년은 처녀, 7년은 창녀, 8년은 뚜쟁이였던 여자가 이곳에 잠들다
Ci-gît qui fut vingt ans pucelle, sept ans catin et huit ans maquerelle.'

"사실인 측면도 있었던 거죠?"

"관점의 차이지. 그로부터 200년 뒤 여성해방운동을 주도한 여류작가 시몬 드 보부아르는 퐁파두르 부인을 여권운동의 선구자라고 평했어."

"왜요?"

"시대의 한계란 벽이 없었다면 왕의 힘에 기대지 않고 자신의 노력과 도전으로 목적을 추구할 여자였으니까. 서른 살부터 왕과 잠자리

를 하지 않으면서도 죽을 때까지 왕에게 필요불가결한 '친구'로 남았던 여자. 수많은 정적들로 둘러싸인 궁정 안에서 20년을 버텨낸 그녀는 '나의 삶은 끝없는 투쟁의 연속이었다'는 말을 남겼어. 평민 출신으로서, 여자로서 유리천장을 깨기 위해 노력했던 그녀의 치열했던 삶을 보부아르가 꿰뚫어보았던 거지. 자, 다음 코스는 어디지?"

"〈밀로의 비너스〉."

"허허, 오늘은 잇달아 비너스만 보게 되는구나. 이탈리아의 비너스 모나리자, 프랑스의 비너스 퐁파두르 부인, 그리고 그리스의 진짜 비너스."

그러면서 아빠는 다음 장소로 발길을 옮기셨다.

17
'밀로의 비너스'와 '나폴레옹 대관식'

비너스의 팔은 어떤 모양이었을까?

18세기 미인의 전형을 보여주는 그림이 〈퐁파두르 부인〉이라면 고대 미인의 전형을 보여주는 조각상은 역시 〈밀로의 비너스〉다. 아빠와 나는 책자에 나와 있는 대로 쉴리관 1층으로 향했다. 그곳엔 이미 많은 사람들이 와서 조각상을 구경하거나 사진을 찍고 있었다.

그리스어로 아프로디테라 부르는 높이 202센티미터의 비너스상은 1820년 오스만 제국의 영토였던 밀로스Milos 섬의 한 농부에 의해 발견되었기 때문에 〈밀로의 비너스Vénus de Milo〉라는 이름이 붙여졌으나 두 팔은 떨어져나간 상태였다.

이를 아쉬워하는 사람도 있지만 두 팔이 없기 때문에 오히려 비너스를 더 완벽한 미녀로 만들었다고 역설적인 주장을 하는 사람도 있다. 하지만 두 팔이 떨어져나가기 전의 원형은 어떤 모양이었을까? 아빠는 핸드폰의 갤러리에 저장해놓았던 사진을 한 장 보여주셨다.

고대 그리스의 대표적인 조각상인
〈밀로의 비너스〉 ©강재인

"독일 고고학자 아돌프 프루트뱅글러가 복원한 비너스상이다. 오른손은 옷깃을 잡고 왼손도 무언가를 쥐고 있는데 대체 무엇이었을까?"

"글쎄요."

아빠는 다른 사진을 보여주셨다.

"어때 이 그림을 보면?"

"사과네요."

"그렇지, 그리스 신화 '파리스의 심판'에 나오는 황금사과지."

두 팔이 복원된 비너스상
©Wikimedia Commons

그리스 신화엔 여신이 다수 등장한다. 바다의 여신 테티스의 결혼식 초대명단에 '불화'의 여신 에리스의 이름이 누락되었다. 이에 화가 난 에리스는 연회장에 나타나 '가장 아름다운 여신에게'라고 새겨진 황금사과를 던진다. 그러자 사과의 주인이 누구냐 하는 문제를 놓고 올림포스 최고의 여신 헤라, 지혜와 전쟁의 여신 아테나, 사랑과 미의 여신 비너스는 각각 자기가 가장 아름답다며 다투기 시작했다.

반데르 헬스트 〈파리스의 사과를 들고 있는 비너스〉, 1664년 작
©Wikimedia Commons

이에 골치가 아파진 제우스는 그 심판을 트로이 왕자 파리스에게 떠넘긴다. 세 여신은 저마다 공약을 내걸었다. 그중 파리스의 마음을 움직인 건 세상에서 가장 아름다운 여인을 아

내로 맞게 해주겠다는 비너스의 공약이었다. 이에 파리스는 비너스에게 황금사과를 건넸고, 비너스는 파리스에게 그리스의 절세미녀 헬레네를 얻게 해준다. 하지만 헬레네로 인해 그리스와 트로이 사이에 전쟁이 일어나고 파리스는 이 전쟁에서 죽는다. 트로이 전쟁의 발발원인을 설명한 신화다.

〈백제관음상〉

조각상을 한참 바라보고 계시던 아빠는 〈밀로의 비너스〉를 보고 있자니 좀 이상한 생각이 드신다면서 핸드폰에 저장된 또 다른 사진을 보여주셨는데 그건 〈백제관음상〉이었다.

"이건 일본에 있는 것 아녜요?"

"그렇지."

일본 호류사法隆寺의 목상이기는 하지만 '백제'라는 이름이 붙은 걸 보면 우리나라에서 건너간 미술품이거나 아니면 백제에서 건너간 사람의 작품이 분명하다면서 아빠는 〈밀로의 비너스〉는 서양 것이라 그렇다 쳐도 〈백제관음상〉의 8등신은 어찌된 일이냐고 반문하신다.

누구를 모델로 한 것인가? 일본 여인이래야 6~7등신쯤 될 거고 백제 여인도 그 언저리였을 텐데 〈백제관음상〉의 8등신은 대체 어디서 온 것인가? 명확히 말할 수는 없지만 헬레니즘 영향이 아니었을까? 가령 간다라 미술은 헬레니즘 문명이 파키스탄까지 영향을 미친 사례라는 것이다.

"하지만 파키스탄과 백제는 거리가 멀잖아요?"

"멀지. 그러나 문명 교류가 없었던 건 아니다. 실크로드가 있었잖아? 가령 신라 황남대총에서 발굴된 유리병은 그리스 유리병과 같거든."

"그러네요."

역사적 사실을 입증하기는 어렵다. 그러나 상상력을 자극해주는 미술 이야기는 언제 들어도 재미있다.

두 종류의 〈나폴레옹 대관식〉

딸이 관심을 보인 건 〈퐁파두르 부인〉과 〈밀로의 비너스〉였지만 내 눈길을 끈 그림은 높이 610센티미터, 폭 931센티미터의 거대한 〈나폴레옹 대관식Le Sacre de Napoléon〉이었다.

루브르 박물관에 걸려 있는 자크 루이 다비드의
〈나폴레옹 대관식〉, 1807년 작
ⓒWikimedia Commons

"대관식이 어디서 치러졌는지는 알고 있지?"

내가 묻자 딸이 웃으며 대답했다.

"어제 갔던 노트르담 사원이잖아요?"

그랬다. 그림에 보면 가운데 무릎 꿇고 앉은 여인이 조세핀이고, 그녀에게 씌워주기 위해 관을 높이 든 남자가 나폴레옹이다. 오른쪽에 홀을 짚고 의자에 앉아 있는 인물은 교황 비오 7세다. 얼핏 보면 대관식을 축복해주고 있는 것 같지만 다시 보면 좀 황당해하는 표정을 짓고 있는 것 같기도 하다. 이런 지적에 딸은 "글쎄요. 아빠 느낌이 그러신 것 아녜요? 전 잘 모르겠어요" 하고 웃는다.

단지 느낌일까? 하지만 저 장면 바로 전 단계가 더 황당하다. 교황은 나폴레옹에게 씌워주기 위해 황금 월계관을 들고 있었는데, 자줏빛 대례복을 입은 나폴레옹이 달라 하더니 그 관을 높이 쳐들었다가 스스로 자기 머리에 썼다. 노트르담 사원을 메운 축하객들이 웅성거렸다. 관례를 벗어난 행동이었던 것이다. 그러곤 황당해하는 교황에게 이렇게 말한 것으로 전해진다.

"당신은 로마 교황이지만 나는 로마 황제요."

오스트리아와의 결전에서 승리한 그는 자신이 영토를 확장시킨 프랑스가 이제는 로마 제국과 맞먹고, 이 같은 성과를 달성한 자신은 로마 황제나 다름없다고 생각하고 있었던 것이다. 이에 화가 다비드는 나폴레옹이 스스로 관을 쓰는 불경스러운 모습이 아닌, 관을 집어 조세핀에 씌워주고 황후로 임명하는 장면을 그려 나폴레옹의 권위를 돋

보이게 했다는 설이 있다.

또 한 가지 지적할 것이 있다. 그림 상단에 앉아 있는 세 여자 중 가운데 여자가 나폴레옹 어머니다. 며느리 조세핀을 반대해 대관식엔 참석하지 않았는데, 그림을 그린 화가가 나폴레옹에 대한 충성심에서 일부러 집어넣었다. 그 말을 들은 딸이 말했다.

"고부간 갈등은 그때도 있었군요."

있었다. 나폴레옹 어머니는 며느리가 마음에 들 만한 구석이 하나도 없었다. 우선 대관식 때 아들 나이는 35세인데 며느리 나이가 41세였다. 거기다 며느리에겐 사별한 전 남편과의 사이에 낳은 자식이 둘이나 있었다. 또 낭비벽이 심해 빚을 많이 지고 있다는 이야기를 들은 시어머니는 조세핀을 며느리로 받아들이기가 싫었다. 그래서 대관식에도 참석하지 않았던 것이다.

결국 조세핀은 이혼을 당한다. 애를 못 낳는다는 이유로. 하지만 실제론 나폴레옹이 오스트리아의 황녀 마리 루이즈와 정략결혼을 하기 위해서였다. 재혼한 그는 루이즈에게서 아들을 하나 얻었는데 그게 바로 나폴레옹 2세였다. 워털루전투에서 패한 뒤 세인트헬레나 섬으로 유배되기 직전 나폴레옹은 그 아들을 황제로 임명했으나 보름 만에 루이 18세에게 왕위를 빼앗기고 21세에 요절하고 만다. 손이 끊긴 것이다.

그에 반해 아이 못 낳는다고 쫓겨난 조세핀이 전 남편과의 사이에 낳은 아들은 바이에른 왕의 딸과 결혼했고, 이후 그들이 낳은 후손이 현재의 그리스를 비롯한 벨기에, 룩셈부르크, 덴마크, 노르웨이, 스웨덴의 국왕이나 왕비의 선조가 되었다. 대반전이다. 인생의 앞날을 뉘 알겠는가?

스케치북을 들고 있는 남자가
화가 자크 루이 다비드다.
ⓒWikimedia Commons

그림을 보면 왼쪽에 다섯 여자가 나란히 서 있는데, 왼쪽에서부터 세 여자는 나폴레옹의 여동생들이고, 네 번째는 조세핀의 딸, 다섯 번째는 나폴레옹 형의 아내다. 그림을 그린 궁중화가 자크 루이 다비드는 나중에 이와 똑같은 그림을 하나 더 그렸다. 필시 밑그림 같은 것이 있었던 모양이다.

"너무 세밀해서 마치 컬러 사진을 보는 것 같아요."

"그렇지? 저 그림에 많은 비밀이 감추어져 있는데 그중 하나가 그림을 그린 화가가 자신의 모습을 작품 안에 슬쩍 집어넣었다는 거야."

"어디요?"

나폴레옹의 어머니가 앉아 있는 자리의 2층 왼쪽 구석에 보면 커튼이 드리운 곳에 스케치북을 들고 광경을 내려다보고 있는 남자가 보인다. 그 남자가 바로 〈나폴레옹 대관식〉을 그린 화가 자신이었다. 당초 대관식 그림을 화가 다비드에게 주문한 건 나폴레옹이었다고 한다. "노트르담 대관식을 대형 그림으로 남겨라. 그래야 프랑스 최초의 황제가 즉위한 날을 후세가 기억할 것 아니냐?" 나폴레옹 실각 후 벨기에로 망명한 화가 다비드가 그곳에서 그렸다는 나중 그림은 베르사유 궁전에 걸려 있다.

"베르사유 궁은 파리 시내에 있는 게 아니죠?"

"서쪽 근교지. 그곳에 가볼 이유가 많지만 지금 여기 루브르 궁에 걸린 그림과 베르사유 궁에 걸린 그림에 차이점이 있어. 내일 그 점을 확인해보는 것도 재미있는 관람 포인트가 될 거야."

"어떤 차이죠?"

같은 그림인 것 같지만 왼쪽에 나란히 서 있는 다섯 여자 가운데 두 번째 여자, 곧 나폴레옹 여동생 중의 하나인 폴린의 옷 색깔이 다르다. 루브르 박물관 것은 옅은 청회색인데, 베르사유 것은 옅은 핑크빛이다. 왜 폴린의 옷만 핑크빛으로 그렸을까? 이에 대해선 화가 다비드가 그녀를 좋아했기 때문이라는 설이 유력하다. 그는 그림을 매개로 나폴레옹에게 접근하여 나중엔 예술을 총괄하는 장관에 임명되기도 하는 매우 정치적인 인물이었다.

"내일이 기대돼요. 파리 밖은 처음이니까."

베르사유 궁전에 걸려 있는 〈나폴레옹 대관식〉.
왼쪽에 나란히 서 있는 다섯 여자 가운데 두 번째 여자,
곧 나폴레옹 여동생 중의 하나인 폴린의 옷 색깔이
다르다. 루브르 박물관의 것은 옅은 청회색인데,
베르사유의 것은 옅은 핑크빛이다. ©Wikimedia Commons

"샌드위치라도 좀 싸가야겠지?"

"아뇨. 베르사유 궁 안에 안젤리나라는 유명 식당이 있대요."

베르사유 궁에서의 점심. 딸과의 얇은 공통 추억에 한 페이지가 보태질 것 같은 예감에 나도 은근히 내일이 기대되었다.

18

루이 14세의 야심이 담긴 베르사유 궁전

베르사유 궁의 압도적 규모

베르사유 궁Château de Versailles은 파리 외곽에 있기 때문에 옷차림을 가벼이 하고 숙소를 나섰다. 인근 역에서 메트로를 타고 생미셸-노트르담St-Michel Notre-Dame역까지 갔다. 거기서 RER로 갈아타려는데 불어, 영어, 일어의 세 가지 언어로 소매치기를 조심하라는 역내방송이 흘러나왔다.

역은 상당히 붐볐다. 나는 소매치기 예방을 위해 핸드백과 카메라를 몸 앞쪽으로 걸치고 탔다. 2층으로 된 RER 열차는 흔들림과 소음이 없고 승차감이 좋았다. 도심을 빠져나가면서부터는 지상으로 달리기 때문에 차창으로 흐르는 파리 교외의 풍경을 편안히 구경할 수 있었다. 베르사유까지의 승차시간은 52분이라고 구글맵이 표시하고 있었으나 마지막 역이 어디인지 헷갈렸다. 그러자 아빠가 웃으셨다.

"사람들이 모두 내리는 데가 종착역이다."

과연 종착역에 오니 승객들이 우르르 내렸다. 출구에 갑자기 긴 줄

베르사유 궁 입구에 세워진 루이 14세 기마상 ©강재인

이 생겼고, 역사를 빠져나간 수백 명의 사람들이 한 방향으로 흐르기 시작했다. 모두 베르사유 궁으로 가는 관광객들이었다.

그러나 바람이 심하게 불었고, 어제와 달리 흐린 날씨에 기온도 여간 쌀쌀한 것이 아니었다. 구글맵을 보면 역에서 베르사유 궁까지는 도보로 14분 거리였다. 아빠가 걱정이다. 여행길에 감기라도 드시면 큰일이다 싶어 도로변의 기념품 가게에 들어가서 PARIS라는 글자가 수놓인 후드재킷을 사드리고 나도 하나 사 입었더니 커플룩이 되어버렸다.

사람들을 따라 걷다 보니 어느새 베르사유 궁 앞이었다. 궁전 건축물들이 좌우대칭으로 전개되고 있었다. 바로크 양식으로 건축물의 총

길이가 680미터에 이른다는 베르사유 궁은 정문으로 다가갈수록 황금빛의 화려함 같은 것이 느껴졌다.

"어제 본 루브르 궁과는 사뭇 달라요."

"그래? 루브르 궁은 정교한 공이 많이 들어가고 첫 인상도 아주 진중한 느낌인 데 반해 베르사유 궁은 화려하지만 어쩐지 날림 같은 느낌도 드는구나."

하지만 아빠의 느낌일 뿐이었다. 다가가면서 보니 베르사유 궁도 벽면 곳곳과 모서리와 지붕에 정교한 조각품이 새겨져 있는 등 나름대로 공을 들이지 않은 것은 아니었다. 안으로 들어가자 돌을 깐 궁전 마당엔 이미 긴 줄이 형성되어 있었다. 일찍 온다고 왔는데도 행렬은 피할 수가 없었다. 또다시 지루한 보안검색.

한참 만에 입장하게 되었다. 입구에는 베르사유 궁 내부를 설명해주는 한국어 버전의 오디오 가이드와 한국어 버전의 지도가 있었다. 아빠와 나는 수신기를 하나씩 집어 들고 다른 관람객들과 함께 베르사유 궁을 구경하기 시작했다. 궁 안의 방에 들어가 오디오 가이드를 귀에 대면 한국어 해설이 자동으로 나온다.

베르사유 궁의 볼거리는 화려한 궁전 그 자체였다. 비록 개방된 곳이 2,300개의 방 가운데 일부이고, 개방된 궁실들에서 볼 수 있는 가구 등의 실내 진열품은 후대에 보완된 것이 분명하지만, 그럼에도 불구하고 옛 궁전의 호화로움은 그대로 느낄 수 있었다.

공개된 1층과 2층의 수많은 방을 지나 본관 2층에 있는 '거울의 회랑La Galerie des Glaces'에 오자 아빠와 나는 그 화려함에 감탄을 금치 못했다. 폭 10.5미터의 휘황찬란한 회랑이 73미터나 전개되고 있었다. 높이 12.3미터의 천장은 웅장한 그림들과 샹들리에로 장식되어 있고, 회랑을 따라 놓인 금박 입힌 사람 모양의 대형 촛대들과 벽에 설치한 거대한 거울들이 어우러진 그곳은 절대권력의 호화로운 분위기를 만끽하게 해준다.

화려한 왕비의 방 ©Wikimedia Commons

"이 회랑은 말이다. 1차 대전 후 세계 열강과 독일 간에 베르사유 강화조약이 서명된 곳이기도 하다. 그때 파리엔 독립을 청원하기 위해 김규식 등 신한청년당 대표단이 와 있었다."

"신한청년당이요? 보통은 상해임시정부 대표단이었다고 알려져 있던데요?"

"나라를 빼앗겨 신한청년당 대표로 파리에 온 것이었지만, 와 있는 동안 임시정부가 수립되어 외무총장에 임명되기도 했으니 반은 맞고 반은 틀린 얘기지."

"이 방에도 왔었나요?"

"아니. 일본이 방해하고 열강이 대표단의 청원을 묵살했으니 이 방은

전장이 73미터나 이어지는 휘황찬란한 '거울의 회랑'.
파리강화회의가 열렸던 곳으로도 유명하다. ©강재인

커녕 베르사유 궁에 들어오지도 못했지. 우리 근대사의 아픔이야."

1차 대전의 5대 승전국으로 의기양양하게 68명의 공식대표단을 파견한 일본과 달리 민족자결주의에 희망을 걸고 참석했던 소규모의 우리 대표단은 사실상 문전박대를 당했다. 창으로 정원을 내다보던 아빠는 한숨을 지으셨다. 역사의 아픔이 서린 거울의 회랑엔 아빠와 또 다른 이유에서 이곳을 떠나지 못하는 관람객들이 많았다. 지난날 화려한 궁중 무도회가 열리던 이 회랑의 북쪽 끝은 '전쟁의 방Salon de la Guerre'이고 남쪽 끝은 '평화의 방Salon de la Paix'이다.

수없이 많은 방이 있고, 그 방마다 수없이 많은 그림이 걸려 있지만 내가 찾던 마리 앙투아네트의 방은 끝내 찾을 수가 없었다. 그래서 물어보았더니 제복을 입은 궁전 여직원은 불어 섞인 영어로 앙투아네트의 방은 내부수리 때문에 폐쇄되었다고 대답했다. 나는 "아!" 하고 한숨을 내쉬었다. 가장 보고 싶었던 방이 폐쇄되다니!

"무얼 좀 먹어야지?"

아빠가 식당 안내판을 보고 제안하셔서 궁전 안의 레스토랑 '안젤리나Angelina'를 찾아갔다. 출입구 위쪽에 '1903년에 세워진 집Maison fondée en 1903'이란 글자가 보였다. 고풍스러운 인테리어의 안젤리나는 루브르 박물관이나 튈르리 정원 앞에도 있는데 사교장소로 명성을 쌓아 현재는 파리의 핫스팟이 된 디저트 전문집이기도 했다.

식당을 찾는 손님은 대부분 백인이었다. 나는 아빠의 의향을 물어 오니온 수프Soupe à l'oignon와 안심Filet de boeuf, 그리고 대구 등심Dos de cabillaud을 주문했다. 음식은 그런대로 맛있었다. 디저트로 주문한 밀푀유mille-feuilles와 몽블랑Mont Blanc 케이크가 나오자 이를 각각 반으로 잘라 컵에 옮기고 접시에 남은 반은 아빠 쪽으로 밀었다.

프랑스의 대표적 디저트의 하나인 '몽블랑'
©Gryffindor from Wikimedia Commons

밀푀유는 '천개mille'의 '잎

feuilles'처럼 겹겹이 포개진 페이스트리 사이사이로 크림 등의 필링filling을 포개 넣어 달콤하면서도 바삭하게 부서지는 식감이 일품인 프랑스의 대표적인 디저트이고, 몽블랑은 밤을 갈아 마른 크림을 국수모양으로 짜서 진하고 달콤한 밤 맛이 강한 케이크다. 설탕이 들어가지 않은 진한 홍차와 곁들이니 디저트의 단맛이 상쇄되어 조화로웠다. 프랑스 요리는 메인디시보다 디저트가 일품인 것 같다.

루이 14세가 베르사유 궁을 크게 지은 진짜 이유

홍차를 마시던 딸이 물었다.

"베르사유 궁은 원래 왕이 사냥할 때 머물던 여름 별장이었다면서요?"

그랬다. 베르사유는 원래 왕실 사냥터로 사냥을 자주 나오던 루이 13세가 이곳에 작은 수렵용 숙소를 지었다. 왕이 머무는 곳은 어디나 행궁이다. 작은 행궁 주변에 왕의 행차를 따라 나온 수행원들이 북적거리자 이들을 상대로 술집과 가게가 들어섰고, 그에 따라 작은 거리가 생겨났다. 이것이 베르사유라는 작은 도시가 탄생하게 된 배경이다.

"루이 13세라면 구체적으로 어느 때 왕이에요?"

"17세기 초반."

그 아들이 바로 '태양왕Le Roi-Soleil' 루이 14세였다. 왕위에 오른 건 17세기 중반인데, 이때 나이는 겨우 다섯 살. 어린애였다. 그러니 어머니의 수렴청정을 거쳐 재상 리슐리외Richelieu나 마자랭Mazarin의 섭정을 겪으며 주변 권력에 휘둘렸다. 이런 배경 때문에 성인이 되면서부터는 아무도 간섭할 수 없는, 태양처럼 강력한 왕이 되고 싶었던 루이 14세는 아버지가 설치했던 수

태양왕 루이 14세
©Wikimedia Commons

렵용 숙소 자리에 대규모 별궁을 짓기 시작했다.

"궁전이 강력한 왕권과 무슨 관계가 있는 거예요?"

"있지. 크고 웅장한 궁전은 왕의 위엄과 권위를 높여주는 측면이 있는 거다. 한국이나 중국의 궁전을 생각해봐라. 위엄과 권위가 확립되면 통치가 쉬워지고 비용도 적게 든다. 또 왕권을 강화하려면 그에 맞먹는 귀족들의 힘을 대폭 약화시킬 필요가 있지. 루이 14세는 그 점을 잘 알고 있었다. 그래서 베르사유 궁을 지은 다음 귀족들을 파티에 초대하곤 했어."

"파티에 초대하면 귀족의 힘이 약화되나요?"

"좋은 지적이다."

루이 14세는 모든 귀족들에게 초대장을 보내는 게 아니라 전략적으로 누구는 초대하고 누구는 초대하지 않는 방법을 썼다. 경쟁심을 유발시켰던 것이다. 또 궁중의 까다로운 매너와 규칙을 마련하고, 신분에 따른 좌석제도를 두어 신분이 높을수록 왕과 가까이 앉을 수 있게 했는데 귀족들에겐 이런 게 잘 먹혔다. "나는 보통귀족과 다르다" "다른 귀족들이 부러워한다"는 게 중점 포인트였다. 특히 귀족 부인들에게는.

이렇게 되자 베르사유 궁정의 사치스런 생활과 왕의 총애를 찾아 베르사유 궁으로 오는 귀족들이 줄을 잇게 되었다. 경쟁이 심해지면서 왕에게 조금이라도 더 가까이 가기 위해 자신의 영지를 왕에게 헌납하고 베르사유 궁으로부터 연금을 받아 사는 귀족들이 늘어나게 되었다. 루이 14세의 전략은 보기 좋게 성공했던 것이다. 귀족들의 세력이 약화되는 것과 반대로 왕의 부는 늘어나고 왕권은 더욱 강화되었다. 그 돈과 권력으로 그는 영토확장 전쟁을 벌였고 어느 정도 성공도 거두었다. 이런 자신감을 배경으로 "국가, 그건 나다L'État, c'est moi→짐이 곧 국가다"라는 유명한 말을 내뱉게 되는 것이다.

사실 중앙집권화는 재상 리슐리외나 마자랭이 섭정할 때도 진행되었던 사안이지만, 지방에 남아 있던 봉건제도의 잔재를 일소하고 왕의 말 한마디로 전국을 통치할 수 있게 만든 건 루이 14세였다. 1643년 왕위에 올라 1715년까지 무려 72년 동안 두 세대 반이 지나는 긴 시간을 통치했으니 신하들이 충성하지 않을 도리가 있었겠는가?

보다 중요한 건 이 기간 동안 확립된 프랑스 문화였다. 사실 루이 14세 이전만 해도 유럽의 중심은 권력 면에서는 합스부르크 왕가의 오스트리아, 문화 면에서는 르네상스와 화려한 바로크 문화를 열었던 피렌체 중심의 이탈리아였다. 그 중심이 루이 14세 때부터 프랑스로 옮겨 오게 된 것이다.

"사치와 향락의 대명사였던 베르사유 궁에 그런 측면이 있었군요."

바로 그 점이다. 사치와 향락의 부정적 측면도 있지만 이 시기에 궁정문화, 다시 말하면 에티켓, 예절을 비롯하여 예술, 패션, 요리 등 프랑스 현대문화의 기틀이 잡히게 되었던 것이다. 그리고 이런 전통을 바탕으로 이후 프랑스가 유럽 문화의 중심 역할을 하게 된다. 베르사유 궁을 돌아보면서 프랑스가 미술, 그중에서도 회화의 중심이 된 까닭을 나름으로 이해하게 되었다고 하자 딸이 반문했다.

"회화요?"

벽과 천장이 온통 그림으로 장식된
베르사유 궁 내부 ©강재인

"그림 말이다. 베르사유 궁의 수많은 방에 걸린 게 뭐냐? 벽이고 천장이고 그림들로 치장되어 있단 말이지. 어제 본 루브르 궁도 그렇고. 그리스·로마 시대는 조각품이 중심이었는데, 프랑스는 그걸 그림으로 대체했다는 생각이 든다."

"프랑스도 조각품이 있잖아요?"

"있지. 하지만 대세는 회화다. 저처럼 왕궁의 그림 수요가 많으면 일반 귀족이나 부르주아층에도 그 유행이 퍼지기 마련이다. 이래저래 화가들의 일거리는 많아졌을 거고, 바로 그런 흐름이 20세기 초의 피카소까지 이어졌을 거라는 생각이 든다. 그 때문에 이탈리아, 스페인, 네덜란드, 스위스 등 유럽 여러 나라의 화가들이 파리로 모여들었던 게 아닐까? 이거 맛있구나."

이야기하느라고 미처 손을 대지 못하고 있던 몽블랑을 떠먹자 딸이 말했다.

"하나 더 시킬까요?"

"아니다."

"그럼 마저 드시고 정원으로 나가시죠."

딸의 손짓에 웨이터가 나타났다. 프랑스에선 손님의 신용카드를 계산대로 가져가지 않고 반드시 휴대용 단말기를 손님 앞으로 가져와서 계산한다. 식당이든 카페든 예외가 없다. 나는 "나이 들면 입은 닫고 지갑은 열어야지"라며 신용카드를 웨이터에게 건넸다. 딸이 나 대신 검지를 입술에 대며 '쉿' 하는 바람에 함께 웃음을 터뜨렸다.

19
마리 앙투아네트의 진실

보는 이의 눈을 황홀케 하는 베르사유 정원

언덕에 자리 잡은 궁전 앞쪽으로 나가자 8백 헥타르, 우리 개념으로 약 640만 평에 이르는 베르사유 정원Jardins de Versailles이 지평선 저 끝까지 펼쳐지고 있었다. 웅장함과 기하학적인 정형성은 보는 이의 눈을 황홀케 한다. 이곳을 찾았던 루이 14세 시대의 귀족들도 그랬을까?

정원에 심겨진 나무만 20만 그루라고 한다. 또 매년 이곳에 심는 꽃나무만 21만 그루이고, 정원에 설치한 크고 작은 분수가 50개, 물분사기는 620개에 달한다고 책자에 쓰여 있다. 아빠가 정원 저쪽을 손으로 가리키셨다.

"저기 보이는 저 물 말이다."
"호수?"
"아니, 대운하Le Grand Canal. 여기선 잘 안 보이는데 총길이 5.57킬로

베르사유 정원 ©강재인

미터에 달한다는 저 운하의 가운데 부분에 좌우로 뻗은 운하가 또 있다."

"십자 형태인가요?"

"그렇지. 루이 14세가 '작은 베니스Petite Venise'로 만들었다는 운하야. 한번 가볼까?"

"좀 멀어 보이는데요."

"슬슬 걸어가면 괜찮지 않을까?"

루이 14세를 상징하는 태양신 아폴로가 황금마차를 몰며
연못 한가운데를 힘차게 질주하는 역동적인 조각상
©Melodie Mesiano from flickr

그 순간 정원을 오가는 전기차가 눈에 들어왔다. 나는 얼른 대여소로 달려가서 전기차를 빌려가지고 돌아왔다. 막상 운전을 해보니 아무 길이나 갈 수 있는 게 아니었다. 길을 잘못 들면 경고방송이 나오고 차가 움직이지 않는다. 그러면 후진해서 통행가능한 길을 다시 택해야 했다.

우리는 아폴론 연못Bassin d'Apollon 옆쪽에 차를 세웠다. 앞쪽에서 보면 연못의 출발 지점에 네 마리의 황금 말이 이끄는 황금마차를 젊은 태양신 아폴로가 몰며 연못 한가운데를 힘차게 질주하는 역동적인 조각상이 설치되어 있었다.

그 모습을 보여주신 아빠는 이번에는 나를 데리고 황금마차 조각상 뒤쪽으로 빙 돌아가면서 물어보셨다.

"황금마치를 모는 건 태양신 아폴로인데 누굴 의미하는지 알겠어?"

"그냥 짐작인데요. 베르사유 궁을 지은 태양왕 루이 14세를 상징하는 거 아닐까요?"

"빙고!"

아빠는 아주 기뻐하시면서 황금마차 뒤쪽에 다가가 다시 말을 이으셨다.

뒤쪽에서 바라본 '봄의 아폴로 전차'.
태양신 아폴로가 향하는 곳은
건물 중앙의 루이 14세 침실이다.
©Wikimedia Commons

"저 조각상의 이름은 '봄의 아폴로 전차Le char d'Apollon au printemps'다. 태양신이 봄을 이끌고 달려가는 거지. 어디로? 여기서 눈을 들어 앞을 보면 무엇이 보이느냐?"

황금마차 뒤쪽에선 정원 저 너머 베르사유 궁의 중앙건물이 보였다. 그 중앙건물의 정중앙 3층에 루이 14세의 침실이 있었다. 프랑스 왕국의 심장이다. "짐이 곧 국가"라고 외치던 그의 말이 궁전의 건물과 연못 배치와 조각품 설치를 통해 그대로 실현되어 있었던 셈이다. 침실이 있는 태양왕 루이 14세의 주거공간은 태양신 아폴로 신전처럼 신성한 곳으로 간주되었다.

그는 이곳에서 잠자리에 들 때와 잠자리에서 일어날 때 궁정인들의 알현을 받았고, 여기서 천하만사를 논하고 각국 대사들을 접견했다.

황금빛으로 장식된 그 방에 들어섰을 때 루이 14세의 부귀영화가 그대로 느껴지는 기분이기도 했었다. 태양신 아폴로와 태양왕 루이 14세. 그래서 정원 곳곳에 루이 14세를 상징하는 아폴로 석상들이 세워져 있는 거였다.

마리 앙투아네트의 프티 트리아농

나는 다시 전기차를 몰고 대운하가 시작되는 지점에서 마리 앙투아네트가 살았던 프티 트리아농Petit Trianon 성으로 향했다. 그렇지 않아도 본관의 앙투아네트 방이 폐쇄되어 아쉬웠던 참이라 그녀의 손길이 닿았던 이곳만은 꼭 보고 싶었던 것이다. 이 성은 본래 루이 15세가 '공식 애인' 퐁파두르 부인에게 주려고 지은 것이었으나 완공되기 4년 전 병으로 죽는 바람에 바리 부인에게 주어졌다가 루이 16세가 즉위하면서 곧바로 마리 앙투아네트에게 하사되었다.

성 앞에 이르러 차를 주차시킨 뒤 건물 입구로 다가가니 여기도 보안검색이 실시되고 있었다. 늘어선 관람객들을 뒤따라 그녀가 쓰던 접견실, 음악실, 침실, 부엌, 화장실 등을 구경했다. 2층 건물인 프티 트리아농은 사치의 대명사인 앙투아네트의 악명과 달리 실제론 사치스러운 것도, 호화스러운 것도 아니었다.

그 점을 지적하자 아빠가 수긍하셨다.

"미우니까 뒤집어씌웠던 거야."

프티 트리아농에 있는 마리 앙투아네트의 침실
©강재인

"뒤집어씌웠다구요?"

마리 앙투아네트에 대해선 나도 약간 알고 있었다. 그녀는 루이 16세가 아직 태자이던 시절에 14세의 어린 나이로 시집을 왔다. 그러다가 4년 뒤인 1774년 태자가 왕위에 오르면서 왕비가 되었다. 당시 유럽 권력의 발전소였던 합스부르크 제국, 곧 오스트리아와 힘겨루기를 해왔던 프랑스인들은 자기 나라의 왕비가 된 오스트리아 여자를 아주 싫

마리 앙투아네트 ©Wikimedia Commons

어했다. 오스트리아 여자를 불어로는 '로트리쉬엔느l'Autrichienne'라 하는데, 프랑스인들은 이 말을 조금 비틀어 '로트르 쉬엔느l'autre chienne'로 발음했다고 한다.

"무슨 뜻이에요?"

"로트르 쉬엔느는 '다른 개another dog'인데, 젠더가 있는 불어의 경우는 여성명사로 '다른 암캐'가 되는 거지. 그런 식으로 앙투아네트를 경멸했던 거야."

"그렇지만 예쁘지 않았어요?"

"초상화를 보면 예쁘더구나."

희생양 마리 앙투아네트

좀 사치스럽기는 했다고 한다. 이 점이 프랑스인들의 입방아에 오른 거였다. 음악, 그림, 춤, 연극을 좋아하고 패션과 보석에도 관심이 많았다. 또 카드 도박을 즐기고 거는 판돈도 크고 해서 문제는 있었지만 역대 다른 왕비들과 비교할 때 앙투아네트가 특별히 더 사치스러웠던 건 아니었다는 것이다.

"그렇지만 농민들이 분노해서 폭동을 일으켰잖아요?"

사실이었다. 빵 가격이 여러 번 폭등하면서 살기가 막막해진 농부들이 떼 지어 파리로 몰려왔다. 민중의 분노는 왕실로 향했고, 그중에서도 사치와 향락의 대명사인 앙투아네트에게로 쏠렸다. 하지만 재정이 파탄난 건 그녀 때문이 아니었다. 프랑스는 한 개인이 사치했다고 파탄이 날 정도로 작은 나라가 아니었다. 왕실 예산은 프랑스 전체 예산의 3퍼센트였고, 앙투아네트가 쓴 돈은 그 왕실 예산의 10퍼센트였다는 것이 연구자들의 결론이라고 한다.

"그럼 무엇 때문에 재정이 파탄난 거예요?"

"미국 독립군을 원조했던 게 가장 큰 원인이야. 영국에게 지기 싫었거든. 이런 무리한 원조와 경제정책의 실패, 그리고 역대 왕조의 낭비가 누적된 결과지."

"그럼 어떻게 해석해야 돼요? '빵이 없으면 케이크를 먹으면 되잖아 S'ils n'ont pas de pain, qu'ils mangent de la brioche'라고 했다는 말은?"

그 말이 유명하다. 하지만 그 말을 처음 한 것은 앙투아네트가 아니라 계몽 사상가 루소였다는 게 정설이라고 한다. 즉 루소가 '어떤 왕비의 말'이라면서 인용한 자서전 《고백》은 1766년에 발간되었는데, 앙투아네트가 프랑스로 시집온 것은 1770년이니 시집도 오기 전에 왕비가 되어 그런 말을 할 수는 없지 않느냐는 것이다.

"그럼 왜 그런 소문이 난 걸까요?"

"프랑스대혁명 후 왕정을 비판하는 과정에서 유포되었던 거야. 그리

프랑스의 전통 빵 브리오쉬
©Wikimedia Commons

고 빵 대신 케이크라 할 때의 원문은 '브리오쉬brioche'인데 그 모양은 이렇다."

아빠가 보여주신 휴대폰 속의 사진을 보고 내가 말했다.

"또 다른 빵이네요."

"그래. 여러 형태가 있지만 보통은 이렇다더군. 그러니까 '빵이 없으면 케이크를 먹으면 되잖아'라는 말을 제대로 옮기면 '쌀밥이 없으면 팥밥을 먹으면 되잖아' 정도의 뉘앙스였던 거야."

그럼에도 불구하고 앙투아네트는 사악하고 사치스러운 여인으로 알려져온 게 사실이다. 하지만 최근의 연구결과를 보면 오히려 선량하고 사교적이며 동정심 많은 여자였다는 것이다. 이를테면 루이 16세가 사냥터에서 쏜 화살에 맞아 농민이 쓰러지자 직접 달려가 간호해주고, 마차를 몰 때 농민의 밭을 망치지 않도록 밭을 비켜 달리라는 명을 내렸다는 일화 같은 것도 전해진다고 한다.

"근데 왜 나쁜 이미지로 알려졌을까요?"

역사는 승자의 기록이기 때문이라고 아빠는 지적하셨다. 새 정권의 정당성을 확보하기 위해 옛 왕조를 비판하고 폄하하는 건 동서양이 다르지 않았다. 가령 의자왕의 '3천 궁녀' 같은 것도 당시 백제 인구나 규모를 고려할 때 말도 안 되는 소리다. 이는 백제가 망할 수밖에 없는 나라였다는 것을 강조하기 위해 의자왕을 방탕한 임금으로 몰아붙인 것으로 보인다. 이를테면 '백발삼천장白髮三千丈'의 표현처럼 궁녀가 많았다는 뜻으로 3천이란 숫자를 쓴, 일종의 과장적 레토릭이었을 뿐이라는 것이다. 앙투아네트에 대한 일화나 표현도 그와 비슷했다.

"역사는 역시 승자의 기록인가 봐요."

"그런 셈이지."

왕실재정이 파탄나자 루이 16세는 위기를 극복해보려고 삼부회를 소집했다. 그러나 제3신분인 평민대표들은 앙시앙 레짐Ancien Régime, 곧 구체제의 모순을 지적하며 근본적인 문제해결을 주장했다. 이에 화가 난 루이 16세는 무력으로 탄압했고, 성난 민중은 바스티유Bastille 감옥을 습격하여 무기를 탈취한 뒤 방위군을 조직해 국왕의 군대에 맞섰다. 프랑스대혁명의 시작이었다.

"내일 코스는요?"

"바스티유 감옥이다."

아빠와 그런 얘기를 나누면서 나는 그날 프티 트리아농 옆에 있는 왕의 별장 그랑 트리아농Grand Trianon 등 18세기를 구경한 뒤 RER 열차를 타고 21세기의 파리 아파트로 다시 돌아왔다. 하루 종일 그곳에 머무른 탓인지 화려한 베르사유 궁이 대혁명의 와중에 그래도 용케 보존이 되었던 거구나 하는 이런저런 잡생각에 그날 밤은 쉬 잠들지 못했다.

20
바스티유 감옥과 콩코르드 광장

혁명의 시발점이 된 바스티유 감옥

다음 날 우리는 프랑스대혁명의 시발점이 된 바스티유 감옥을 답사해 보기로 했다. 메트로를 타고 바스티유역에서 내리니 바로 바스티유 광장Place de la Bastille이었다. 바스티유 감옥을 기대하고 왔지만 그곳엔 아무런 흔적도 존재하지 않았다.

바스티유 감옥은 본래 파리 동부 외곽을 방어하기 위해 건축한 요새였으나 루이 13세 때부터 감옥으로 사용하기 시작했다. 루이 14세 때는 볼테르, 디드로 등 계몽주의 사상가를 가두면서 구체제의 상징물로 인식된 곳이라 혁명 때 민중의 제1차 공격대상이 되었다. 알렉상드르 뒤마의 소설《브라줄론 자작》을 토대로 만든 영화 〈아이언 마스크〉의 무대가 바로 이 감옥이었다.

성난 시민 1천여 명이 바스티유 감옥으로 몰려가 습격을 단행했다. 이때 수비병 일부가 시민들에 동조함으로써 감옥이 점거 당했고 감옥

바스티유 광장의 7월 기념비 ©강재인

소장과 파리 시장은 살해되었다. 이날, 시민들이 감옥을 습격한 1789년 7월 14일은 뒤에 프랑스대혁명 기념일로 지정된다.

바스티유 감옥은 철거되었고, 그 자리는 바스티유 광장이란 이름으로 남게 된다. 이를 제대로 알아보지 않고 현지답사에 나섰던 우리는 처음에 우왕좌왕할 수밖에 없었다. 현재 바스티유 광장 한가운데에 우뚝 서 있는 '7월 기념비Colonne de Juillet'는 1789년 7월의 프랑스대혁명을 기념하는 비가 아니라 그보다 41년 뒤에 일어난 1830년의 7월혁명을 기념하는 기둥이다.

바스티유 재래시장 ©강재인

"그럼 바스티유 감옥에 대한 흔적은 아무것도 남아 있는 게 없네요. 일요일이면 광장 북쪽에 재래시장이 열린다던데 거기나 한번 가보시겠어요?"

"그럴까?"

허탈해진 아빠와 나는 바스티유 광장 북쪽으로 발길을 돌렸다. 도로를 따라 약 2백 미터가량 전개되는 마레Marais지구의 재래시장은 노천 판매대 위에 채소와 과일, 치즈, 빵, 햄, 쇠고기, 닭고기, 절임 등 갖가지 음식재료들을 팔고 있었다. 상당히 많은 파리 시민들이 장을 보러 나와 있었다. 우리는 그들 사이를 비집고 다니며 구경했는데, 의외로 생선을 파는 판매대가 많았다. 프랑스인이 생선을 많이 먹는다는 얘기다. 이는 같은 서양인이라도 생선보다는 고기를 선호하는 미국인과 달랐다.

개중에는 빵이나 닭고기 튀김 등 즉석요리를 파는 곳도 있었다. 그러나 구미가 당기지 않았다. 그밖에 뭔가 사먹을 만한 게 있으면 여기서 점심을 때우는 것도 괜찮다는 생각이었으나 막상 먹을 만한 게 눈에 띄지 않았다. 우리는 결국 재래시장 밖의 한 레스토랑에 들어가서 해물 파스타를 시켜 먹고, 거기서 다음 행선지를 의논해야 했다.

"이젠 콩코르드 광장Place de la Concorde으로 가야겠지?"
"거긴?"
"마리 앙투아네트가 단두대의 이슬로 사라진 곳."
"아" 하고 나는 낮게 외쳤다.

목적지로 향하는 지하철 안에서 아빠와 프랑스혁명에 대한 이야기를 나누었다. 바스티유 감옥을 습격한 파리 시민들이 창에 감옥 수비병들의 목을 꽂고 돌아다닌다는 보고를 받자 루이 16세가 "이건 폭동"이라고 외쳤고, 이를 들은 리앙쿠르 후작은 "아닙니다, 폐하. 이건 혁명입니다"라고 말했다는 것이다.

폭동과 혁명을 대번에 구분한 걸 보면 그 후작도 보통사람은 아니다. 직함은 궁전 의상담당관이었다는데 상당한 식견이 있었던 모양이다. 아니면 전설의 상당수가 그러하듯 후대에 각색된 얘기였거나. 아무튼 루이 16세와 마리 앙투아네트가 불안한 나날을 보내고 있던 어느 날, 곡괭이나 삽을 든 파리 시민 수천 명이 베르사유 궁으로 몰려와 외쳤다.

"왕과 왕비는 나와라! 배고파 못살겠다!"

이에 루이 16세는 가족과 함께 튈르리 궁으로 피신했다. 그러나 사태가 좀처럼 가라앉을 것 같지 않자 앙투아네트는 루이 16세를 부추겨 친정이 있는 오스트리아로의 탈출을 시도했다. 그러나 발각되는 바람에 지난번 우리가 본 시테 섬의 감옥 콩시에르쥬리concierge에 유폐되었다가 기요틴의 이슬로 사라지게 된다. 지금 우리가 가보려는 콩코르드 광장이 바로 그 현장이다.

콩코르드 광장에 오벨리스크 탑을 세운 진짜 이유

1872년경 콩코르드 광장의 모습을 보여주는 그림,
Joaquín Pallarés Allustante, 1872년 작
©Wikimedia Commons

콩코르드역에 도착해 지상으로 올라가니 가로 360미터, 세로 210미터의 직사각형 광장엔 바람이 불고 있었다. 파리에서 가장 넓다는 이 광장 중앙엔 높다란 오벨리스크가 세워져 있었고, 그 앞뒤로 분수대가 설치되어 있었다.

그러나 광장 옆에는 현대식 오락기구인 대형 관람차Roue가 설치되어 있는가 하면, 한쪽에서는 중국인 단체 관광버스들이 시야를 가로막고 있는 등 어수선한 분위기여서 좀 실망스러웠다. 당초 속으로 생각하고 있던 콩코르드 광장의 모습은 그림과 같은 것이었는지도 모르겠다.

나는 딸을 데리고 우선 센 강에 놓인 콩코르드 다리Pont de la Concorde 쪽으로 걸어갔다. 다리가 끝나는 곳에 12개의 돌기둥이 받치고 있는 그리스 신전 비슷한 건물이 보이고, 그 꼭대기엔 프랑스 국기인 삼색기가 휘날리고 있었다. 그건 루이 14세가 딸을 위해 지어주었다는 부르봉 궁Palais Bourbon인데 지금은 프랑스 국회의사당Assemblée Nationale으로

바스티유 감옥을 파괴한 돌로
지었다는 콩코르드 다리 ©강재인

사용되고 있는 건물이었다.

내가 딸을 데리고 이곳에 온 것은 그 건물로 이어지는 콩코르드 다리가 아까 답사했던 바스티유 감옥을 파괴한 돌로 만들어졌다는 사실 때문이다. 당시 사람들은 전제정치의 상징이었던 감옥을 부숴 사람과 마차가 밟고 지나가도록 하는 게 마땅하다고 여겼던 모양이다. 하지만 세상만사 변전무상이다. 역사가 깃든 콩코르드 다리 위로는 차만 오갈 뿐 우리 말고는 이 다리에 관심을 갖는 사람도, 구경하는 사람도 없었다.

기요틴에 끌려온 마리 앙투아네트, Amadeo Gabrielli, 1793년 작 ⓒWikimedia Commons

"마리 앙투아네트를 처형했다는 기요틴은 어디에 있었어요?"

딸이 광장을 돌아보며 묻기에 핸드폰 갤러리에 저장되어 있던 그림을 보여주었다. 기요틴에 끌려나온 마리 앙투아네트가 처형되기 직전의 모습을 스케치한 당시 그림이다.

마리 앙투아네트를 처형하는 장면을 담은 그림들을 대조해보면, 기요틴이 설치되었던 곳은 현재 오벨리스크가 세워져 있는 곳으로 추정된다. ⓒGIRAUD Patrick from Wikimedia Commons

"그림 왼쪽에 건물이 보이지? 그 건물이 바로 광장 북쪽에 보이는 저 쌍둥이 건물 중의 하나야."

나는 오벨리스크 뒤에 궁전처럼 장엄하게 버티고 서 있는 두 건물을 손으로 가리켰다.

두 건물 모두 혁명 전인 1758년에 세워졌는데, 왼쪽 것은 오몽Aumont 공작의 예술품 수집처로 쓰이다가 뒤에 크리용 호텔Hôtel de Crillon이 된 건물이고, 오른쪽은 프랑스 해군성 건물이었다. 그리고 두 건물 사이에 무슨 그리스 신전처럼 보이는 뒤쪽 건물은 마들렌느 교회Église de la Madeleine다. 마리 앙투아네트를 처형하는 장면을 담은 여러 그림들을 대조해보면 기요틴이 설치되었던 곳은 오벨리스크가 세워져 있는 자리로 추정된다고 하자 딸이 물었다.

"왜 기요틴 흔적을 남기지 않았을까요?"

"너무 참혹해서 그랬던 게 아닐까?"

딸이 얼굴을 찡그린다.

"많이 죽었죠?"

그랬다. 어떤 자료엔 1,350명, 어떤 자료엔 1만 7천 명으로 기록되어 있으나 실상은 그 정도가 아니었다는 것이다. 당시 프랑스 인구는 2천 5백만이었는데 루이 16세와 마리 앙투아네트가 처형당하는 공포정치 기간 중 반동분자로 붙잡힌 자는 모두 30만 명이었다. 연구자에 따르면 당시 각 지방에 우후죽순처럼 생긴 혁명위원회 숫자만 모두 4만 4천 군데였다. 그러니 각 위원회에서 반동분자 1명씩만 형장으로 보냈다 해도 처형자가 4만 4천 명에 달한다는 것이다. 실제론 10만 명도 보수적으로 잡은 숫자라는 주장까지 있다.

"그게 사실이라면 정말 어마어마한 숫자네요."

"상상해봐라. 기요틴에 잘린 10만 개의 사람 머리를! 그 끔찍함을 모두 잊고 싶었던 게 아닐까? 그런 염원이 아이러니컬하게도 광장 이름에 반영되어 있는 것 같다."

"광장 이름은 콩코르드잖아요?"

"그게 무슨 뜻이냐?"

"화합, 조화?"

나는 딸에게 이렇게 반문했다. 왜 화합을 뜻하는 콩코르드의 이름을 붙였을까? 원래 이름은 '루이 15세 광장Place Louis XV'이었다. 그러다 혁명이 나자 '혁명광장Place de la Revolution'이란 이름을 붙였으나 극좌파의 공포정치에 반대하여 온건파 시민계급이 제1공화정을 세운 뒤에는 '콩코르드 광장'이란 이름을 붙였다. 그건 분명 싸우지 말고 화합하자는 뜻이었을 것이다.

그러나 좌우대립이 격한 시기에 온건파나 중도세력은 존립이 어려워진다. 마침내 제1공화정을 뒤엎고 등장한 나폴레옹은 광장 이름을 '루이 15세 광장'으로 되돌렸고, 루이 18세와 샤를 10세의 왕정복고 시대에는 '루이 16세 광장'으로 명명했다. 그러나 7월혁명으로 왕위에 오른 루이 필리프Louis Philippe는 '샤르트르 광장Place de la Chartre'이란 이름을 잠시 붙였다가 다 잊고 화합하자는 뜻에서 제1공화정 시대의 '콩코르드 광장'이란 이름을 다시 복원시켰다.

"그럼 기요틴 자리에 오벨리스크를 세운 데는 어떤 뜻이 있는 건가요?"

좋은 질문이다. 루이 15세의 기마상을 파괴한 자리에 처음엔 '기요틴', 그 다음엔 혁명이 만든 '자유의 여신상', 그 다음엔 '루이 15세 기마상', 그 다음 왕정복고 시대엔 '루이 16세 기마상'을 세웠다. 이건 그냥 내 해석에 지나지 않지만 이런 식의 좌우개념으로 접근해선 정치보복과 피비린내 나는 역사를 떠올리게 할 뿐이라는 당대인의 판단이 있었던 게 아닐까? 그래서 루이 필리프는 마침 오스만 튀르크의 이집트 총독이 선물한 이집트 룩소르Luxor의 오벨리스크가 파리에 도착하자 그 방첨탑方尖塔을 기요틴 자리에 세우고 '콩코르드 광장'이란 이름을 붙이게 되었던 게 아닐까?

딸이 다시 물었다.

"그게 화합하고 무슨 관계가 있나요?"

없다. 이집트 태양신앙의 상징으로 테베의 람세스 신전에 세웠던 기념비에 무슨 좌우개념이나 중재를 위한 화합의 개념이 있었겠는가. 하지만 좌우의 피비린내 나는 역사를 떠올리지 않게 하는 데는 도움이 되었다. 프랑스 역사와 아무 연관도 없는 오벨리스크를 보면 사람들은 기요틴 대신에 3천 년 전의 이집트 문명을 떠올릴 것이기 때문이었다. 내 해석을 듣고 난 딸이 한마디 했다.

"속임수네요."

아니다. 역사의 아이러니다. 본질적으로 현실이 비합리적인데 선악을 구분 짓는 당대의 규범이 궁극적으로 무슨 의미가 있겠는가? 그런 긴 시각에서 본다면 프랑스 역사뿐 아니라 사사건건 거대담론을 갈라치는 한국 사회의 진영논리나 이념은 구원이 될 수 없다. 모든 기준은 변한다. 동양 철학을 빌리면 만물은 역易이고, 그리스 철학자 헤라클레이토스의 말을 빌리면 변하지 않는 것은 변한다는 사실뿐이다.

여전히 바람이 불고 있었다.

"걸으시겠어요?"

딸이 바람 속으로 쭉 뻗은 대로를 바라보며 물었다.

"그럼 걸어야지. 여기서부터 샹젤리제 거리가 시작되는데."

21

샹젤리제 거리와 파리 개선문

나폴레옹과 빅토르 위고의 관이 통과한 개선문

콩코르드 광장에서 개선문Arc de Triomphe까지 일직선으로 나있는 1.91 킬로미터의 길 이름이 바로 샹젤리제대로Avenue des Champs-Élysées다. 왕복 10차선의 차도 양쪽으로 널찍이 배치된 인도에는 느릅나무와 린덴나무 등 울창한 이중 가로수 사이로 사람들이 걷기 마련이지만, 마침 우리가 갔을 때는 매달 차 없는 거리가 실현되는 첫 번째 일요일이었다.

거리는 사람들로 붐볐다. 샹송 '오 샹젤리제Aux Champs-Élysées'로 우리에게 친숙한 이 길은 대통령 관저로 사용되는 엘리제 궁을 비롯하여 파리식의 호텔·레스토랑·카페·극장·영화관과 에르메스·루이뷔통·샤넬 등 명품점이 즐비한 거리였다.

아빠와 나는 중간쯤의 한 노천카페에 앉아 커피를 마시며 오가는 사람들을 구경했다. 매년 강림절부터 크리스마스와 주현절主顯節이 있는 11월 말에서 다음해 1월 초까지는 축제시즌 조명이 실시되고, 매년

차 없는 거리가 실현되는 첫 번째 일요일의 샹젤리제 거리 ©강재인

7월 14일 프랑스대혁명 기념일엔 대통령이 참관하는 대규모 군사 퍼레이드가 벌어지는 샹젤리제.

"샹젤리제엔 당신이 원하는 모든 게 다 있죠Il y a tout ce que vous voulez aux Champs-Elysées"라는 샹송 가사처럼 이 거리엔 모든 게 다 있었지만 부족한 게 하나 있었다. 그건 뉴욕 5번가에서 느껴지는 활력이다. 생각해 보니 파리에도 라데팡스의 금융가가 존재하지만 세계 금융의 40퍼센트를 좌우하는 뉴욕의 월스트리트에 비할 바는 아니다. 결국 활력은 경제라는 얘기다. 이 말을 들으신 아빠가 한마디 하셨다.

1982년 평양의 개선문이 세워지기 전까지
세계 최대였던 파리의 개선문 ©강재인

"파리는 늙은 거다. 노쇠는 자연의 자아비판이고."

그래서 나도 웃으며 한마디 했다.

"노쇠했어도 아름답긴 해요."

그러곤 다시 일어나 걷기 시작했다. 행인들의 흐름을 따라 걷다 보니 어느새 개선문 앞이었다. 인근 메트로역은 조르주 생크George V역이다. 이곳에 오니 세계 각국에서 온 관광객들의 정체가 드러나기 시작했다. 미국인 말소리가 들리고, 휴대폰 카메라를 든 독일인 말소리도 들리며, 주변을 아랑곳하지 않는 중국인 단체 관광객들의 큰 목소리도 들린다.

개선문 밑까지 가보고 싶었으나 차만 보일 뿐 사람이 지나갈 건널목이 보이지 않는다. 자세히 보니 개선문으로 통하는 지하도가 있었다. 그곳을 지나 지상으로 올라가자 이미 많은 관광객들이 와 있었다. 멀리서 볼 땐 잘 몰랐는데 막상 개선문 밑에 와서 보니 규모가 상당한 건축물이었다.

높이가 50미터다. 멀리서 볼 때 개선문 맨 꼭대기에 참새처럼 보이는 형상물들은 모두 그곳에 올라간 관광객들의 모습이었다. 나폴레옹이 만든 것이라 역시 규모가 크다. 개선문 가운데 제일 큰가 싶었으나 인터넷을 찾아보니 1982년 평양에 세워진 개선문이 파리의 개선문보다 10미터가 더 높다고 하여 놀랐다.

"그래? 허긴 문명이란 서로 모방하고 그러는 거지 뭐. 루브르 박물관

로마의 콘스탄티누스 개선문을 모방한
파리의 카루셀 개선문 ©강재인

을 방문했을 때 튈르리 정원 쪽으로 보이던 개선문이 하나 있었지?"

"카루셀 개선문Arc de Triomphe du Carrousel요?"

"그래. 그게 바로 이탈리아 로마에 있는 콘스탄티누스 개선문Arco di Constantino을 본뜬 거라더라."

카루셀 개선문의 높이는 19미터였다. 그러니 아우스터리츠 전투에서 오스트리아·러시아 연합군을 격파한 뒤 의기양양해진 나폴레옹의 성에 차지 않았다. 태양왕 루이 14세를 능가하고 싶었던 그가 아닌가? 그래서 샹젤리제 끝에 이 승전기념물을 다시 세우도록 명령한 거였다. 이번엔 로마 제국 최초의 개선문인 티토 개선문Arco di Tito을 모방해서. 시작은 1806년이고 완공은 루이 필리프 왕 때인 1836년이었다.

"1840년 운구차에 실려 이 개선문을 통과한 최초의 인물이 나폴레옹이다. 재미있는 건 그로부터 45년 뒤 개선문을 통과한 운구차가 하나 더 있었다는 점이야."

"누구였어요?"

"빅토르 위고."

개선문을 통과하는 빅토르 위고 운구차와 시민들의 장례 행렬, 1885년 ©Wikimedia Commons

프랑스에서 왕이나 대통령이 아닌 인물이 국장으로 거행된 건 위고가 유일했다고 한다. 당시 기록에 보면 개선문 밑에 가설된 시신 안치소에 2백만 파리 시민들이 주변 길과 광장을 가득 메웠다는 것이다. 그리고 시신이 영구 안장되는 팡테옹까지 시민들의 장례행렬이 뒤따랐고.

"참 대단해요. 일개 작가를 그처럼 대우해준 나라가 있었다는 게?"

"일개 작가가 아니야. 당시 프랑스인이 가장 자랑스럽게 여긴 인물이 나폴레옹과 위고였다고 하니까."

"그럼 문무의 두 영웅이 개선문을 통과한 거네요. 하긴 위고의 대표작 《레미제라블》은 감동적이죠. 전 그 뮤지컬을 보고 울었거든요."

개선문 밑에 벤치가 없어 아빠와 나는 지하통로를 통해 다시 개선문 길 건너에 있는 벤치로 걸어갔다.

세계의 수도로 부상하기 시작한 파리

딸과의 대화는 개선문에서 빅토르 위고 그리고 그의 작품인 《레미제라블》에 대한 이야기로 이어지고 있었다. 2012년 개봉된 영화 〈레미제라블〉의 바탕이 된 뮤지컬은 원래 프랑스 것이었다. 1980년 파리 첫 공연 때 여주인공 노래를 부른 것은 프랑스 가수 로즈 로랑이었는데, 이것이 대성공을 거두자 1985년 런던 공연, 1987년 뉴욕 공연, 같은 해 도쿄 공연으로 이어졌다.

"제가 본 건 영화였어요."

"나도 봤는데 같이 보던 엄마가 울더라. 여주인공 노래가 아주 인상적이었다."

그러자 벤치에 앉은 딸이 핸드폰을 꺼냈는데, 유튜브에서 흘러나오기 시작한 목소리는 우리가 본 뮤지컬 영화의 앤 헤서웨이가 아니라 프랑스 가수 로즈 로랑의 것이었다.

나는 다른 삶을 꿈꿨지만	J'avais rêvé d'une autre vie
삶이 내 꿈을 죽여버렸죠	Mais la vie a tué mes rêves
도살하는 동물의 마지막	Comme on étouffe les derniers cris
비명소릴 억누르듯…	D'un animal que l'on achève…

"꿈을 이루고 사는 사람이 얼마나 되겠니? 인생에 크고 작은 좌절과 회한은 있기 마련인데."

"그러니까 기도하는 거겠죠?"

"그래. 하지만 기도가 무엇이냐? 신학자 폴 틸리히는 '크고 깊은 한숨The great deep sigh'이라고 했다. 지나고 보면 기쁨과 영광의 순간은 너무 짧았고 좌절과 회한의 시간은 너무 길었다는 생각이 든다."

"영광이란 말을 들으니 생각나는 게 있어요. 2차 대전 직후 보무도 당당하게 파리로 입성하던 드골 장군의 사진 말이에요. 바로 이 광장을 지나갔죠?"

2차 대전 직후 파리로 입성하는
드골 장군과 그 일행
ⓒWikimedia Commons

파리를 점령한 독일군 행진을 보고 연도에서
울음을 터뜨리는 파리 시민의 모습
ⓒWikimedia Commons

"지나갔지. 하지만 그 전엔 독일군 행진이 있었다. 미국 공문서기록 보관소NARA에 소장되어 있던 사진인데 한번 볼 테냐?"

핸드폰 갤러리를 클릭해서 딸에게 보여준 사진은 1940년 6월 14일

개선문을 중심으로 12갈래의 길이 별빛처럼 사면팔방으로 뻗은 에투알 광장 ©Wikimedia Commons

파리를 점령한 독일군 행진을 보고 연도에서 울음을 터뜨리는 파리 시민의 모습이었다.

기쁨과 슬픔, 영광과 좌절의 순간이 엇갈린 이 광장은 1970년부터 샤를드골 광장Place Charles-de-Gaulle이란 이름으로 불리지만 그 전에는 에투알 광장Place de l'Étoile으로 불렸다. 개선문에서 시작되는 12갈래의 길이 마치 별빛처럼 사면팔방으로 뻗어나가기 때문에 붙여진 이름인데, 내가 딸과 함께 걸은 샹젤리제는 바로 그 12길 중의 하나였다.

나는 관광객들이 웅성거리는 샹젤리제대로를 건너다보며 딸에게 물었다.

"샹젤리제Champs-Élysées가 무슨 뜻인지 알고 있니?"

"엘리제 밭?"

아주 틀린 답은 아니다. 영어로 일리지언 필드Elysian Fields라고 하는 샹젤리제는 선량하고 덕 있는 사람들이 사후에 간다는 그리스신화 속의 극락세계, 곧 엘리시움Elysium에서 온 말이다. 그러나 당초 샹젤리제는 사람이 살지 않는 늪지대였다. 이 늪지대를 메꿔 느릅나무와 린덴나무가 심긴 차도로 만들도록 지시한 것은 앙리 4세의 왕비였던 마리 드 메디시스였다. 피렌체 출신이었던 그녀는 자신의 고향인 피렌체의 카시네 산책길에서 영감을 얻어 이 길을 만들게 했다고 한다.

"예술은 진공 속에서 태어나지 않는다는 말이 있는데, 샹젤리제도 진공 속에서 태어난 게 아니었던 거야. 길 이름도 처음엔 샹젤리제가 아니었다."

초기엔 그랑쿠르Grand-Cours, 그리유 루아얄 거리Avenue de la Grille Royale, 튈르리궁 거리Avenue of the Palais des Tuileries 등으로 불리다가 1694년부터 그리스신화에 나오는 샹젤리제라는 이름이 등장하는데, 그 이유는 본래 늪지대였던 이곳에 매춘하는 여자들이 꼬인다는 보고가 잇달자 이 지역의 불건전한 이미지를 상쇄시키기 위해 붙인 이름이었다고 한다. 그 뒤 샹젤리제 이름이 확고히 정착된 것은 1789년 프랑스대혁명 이후다.

대혁명 이후 프랑스 근대사는 혁명과 반동의 되풀이다. 개선문을 착공한 것은 나폴레옹이었고, 이를 완성한 것은 7월혁명으로 왕위에 오른 루이 필리프였다. 그러나 그는 2월혁명에 의해 쫓겨난다. 이렇게 해서 들어선 제2공화정의 대통령에 당선된 자가 누구였느냐 하면 나폴레옹의 조카인 나폴레옹 3세였는데, 그는 대통령에 당선된 다음다음해 쿠데타를 일으켜 4년 단임제인 공화정을 무너뜨리고 황제 자리에 오른다.

황제가 된 그는 오스만 남작을 파리 시장에 발탁한 뒤 파리를 재정비하여 경쟁국인 영국의 런던보다 더 멋진 수도를 만들라는 명을 내린다. 전권을 위임받은 오스만 시장은 복잡하고 비위생적인 파리 도심을 전면 재정비하기 시작했고, 그 결과 생겨난 것이 우리가 파리에 도착하자마자 답사했던 몽마르트르의 예술촌인데, 이 개선문 지역도 마찬가지였다.

샹젤리제대로에 이어 개선문 광장에서 시작되는 방사선 모양의 길들이 생겨나는 건 나폴레옹 3세 때의 일이다. 재미있는 건 12개의 길 중의 하나인 델로대로avenue d'Eylau는 나중에 《레미제라블》의 작가 이름이 들어간 빅토르위고대로avenue Victor-Hugo로 바뀐다는 점이다. 프랑스인들이 빅토르 위고를 얼마만큼 높이 평가하느냐는 반증이기도 하다.

"방사선 도로만 보아도 책상 위에서 자 대고 그은 설계도를 불도저식으로 밀어붙인 것 같아요. 개발연대의 서울처럼."

그랬다. 그 때문에 오스만 남작에 대한 부정적 시각이 존재한다. 하지만 그 같은 과감한 정비작업이 없었다면 난마처럼 얽힌 뒷골목이나 냄새나는 빈민가, 그리고 게딱지 같은 점포들을 획기적인 도시공간으로 탈바꿈할 수는 없었을 거란 주장도 있다. 특히 굽은 길을 곧게 펴서 대로로 만든 것은 다가올 자동차 시대를 미리 예감한 것이나 마찬가지였다. 이후 파리는 명실상부한 세계의 수도로 부상한다.

"세계의 수도라구요?"

"그래, 이제부턴 개선문과 샹젤리제를 완성한 나폴레옹 3세 이후의 파리가 어떻게 발전했는가를 확인할 수 있는 역사적 현장을 좀 가보기로 할까?"

"네, 좋아요."

딸은 개선문 둘레를 끊임없이 도는 자동차 물결을 바라보며 벤치에서 일어섰다.

22
예술의 결정체, 오페라 가르니에

다양한 건축 양식이 혼합된 오페라 가르니에

'오페라'역에서 내려 지상으로 올라가니 거대한 웨딩케이크를 연상시키는 오페라 건물이 눈에 들어왔다. 건물 상부엔 '국립음악아카데미Académie Nationale de Musique'란 황금 글자가 커다랗게 새겨져 있었다. 정식 명칭은 가르니에 궁Palais Garnier이고 통칭은 오페라 가르니에Opéra Garnier다.

정문 계단에선 시민이나 관광객들이 햇볕을 쪼이며 오페라 광장Place de l'Opéra을 바라보고 있었다. 나도 건물 안으로 들어가기 전 아빠와 함께 그 계단에 잠시 앉아 보았다.

"저기 오른쪽에 보이는 저 녹색 차양의 카페 말이다."

아빠가 가리키시는 오른쪽 건물을 보니 녹색 차양이 쳐진 가게의 2층과 3층 사이의 벽에 '카페 드 라 페CAFÉ DE LA PAIX'라는 글자가 보였다. 굳이 번역한다면 '평화다방'이다.

중앙의 오페라 가르니에 왼쪽 건물의
녹색 차양이 쳐진 자리가 카페 드 라 페다.
ⓒ강재인

오페라 구경을 마친 정치인이나 귀족들이 들르던 카페였는데, 19세기 말에서 20세기 초엔 모파상, 에밀 졸라, 앙드레 지드, 폴 발레리 등 프랑스 문인들이 자주 들러 오페라를 비평하고 글을 쓰던 곳이었다고 한다.

아빠와 나는 계단에서 일어나 건물 뒤쪽으로 갔다. 상당히 많은 관람객이 입장권을 사기 위해 줄을 서 있었다. 우리는 여행 전에 온라인으로 예매해둔 표가 있어 줄을 서지 않고 그대로 입장할 수 있었다.

뮤지컬 영화 〈오페라의 유령The Phantom of the Opera〉의 배경지로 알려진 건물 내부는 화려했다. 인상적인 부분은 높이 30미터 천장까지 뚫

오페라 가르니에 내부의 화려한 중앙 대계단 ©강재인

려 있는 현관홀과 뮤지컬 영화에 등장하는 좌우대칭의 대계단Le grand escalier이었다. 층계는 대리석이고 난간은 줄마노다.

극장 무대와 객석도 화려했지만 무엇보다 천장에 그린 샤갈의 그림

샤갈의 천장화가 인상적인 오페라 극장 ©강재인

이 일품이었다. 턱 하니 객석에 앉아 오페라를 감상해보고 싶었지만 그럴 수 없는 것이 유감이었다.

하지만 공연 전이나 휴식시간에 샴페인 같은 것을 마시며 관람객들 사이에 친교를 나누던 대휴게실Le grand foyer에 들를 수 있어 좋았다. 파

벽과 천장이 그림과 샹들리에로 장식된
화려한 모습의 대휴게실 ©강재인

리 패션위크 기간에 유명 브랜드의 패션쇼가 열리기도 하는 이곳의 천장과 벽은 폴 보드리의 그림들로 장식되어 있고, 화려한 샹들리에와 황금 칠을 한 실내장식은 보는 이의 눈을 황홀케 한다.

그러나 이날 아빠를 감탄시킨 것은 대계단도 대휴게실도 아니었다. 대휴게실 끝에 발코니로 나가는 문이 있었는데, 그리로 나가신 아빠가 잠시 후 돌아와 내게 손짓하셨다. 따라 나가니 발코니의 기둥 사이로 오페라 광장의 전경이 한눈에 들어왔다. 광장을 중심으로 일정한 높이의 건물들이 기하학적으로 죽 늘어선 파리 시가지의 모습. 말로 형용

오페라 가르니에의 발코니에서 바라본
파리 시가지의 모습 ⓒ강재인

할 수 없을 정도의 아름다움이었다.

"압권이다!"
아빠가 외치셨다.

그 뒤 나는 아빠를 모시고 부근의 라파예트 백화점Galeries Lafayette으로 갔다. 거기서 화장품 같은 것을 고르는 동안 아빠는 중앙에서 천장까지 무슨 원형 경기장처럼 구성된 백화점 내부의 화려한 모습을 구경하고 계셨다. 이 백화점 또한 19세기 말의 건축물이다.

"파리는 백화점도 예술품이로구나."

아빠를 너무 오래 기다리게만 할 수 없어 쇼핑을 대충 끝낸 뒤 옥상 정원으로 올라갔다. 이미 많은 사람들이 그곳에 올라와 파리 시가를 내려다보고 있었다. 건물들의 높이가 일정했다.

"저 건물들의 높이를 법으로 통제한다면서요?"

"그래, 상한선이 대략 20미터 정도라더라."

"왜 제한을 둔 거예요? 도시 미관 때문이었을까요? 아니면 통일성을 주는 게 아름답다는 프랑스인의 인식 때문이었을까요?"

"둘 다 가능하지. 어느 경우든 도시정비의 기준을 아름다움에 두었다는 것 자체는 평가할 만해. 그러나 실제 이유는 엘리베이터 보급이 아직 보편화되지 않았던 탓이 아닐까? 걸어 올라가는 데 큰 무리 없는 높이가 20미터 정도라거든."

바람이 불어 옥상은 좀 쌀쌀한 편이었다.

"그만 내려가시겠어요?"

서구 예술가들에게 '마음의 수도'였던 파리

오페라 광장으로 다시 돌아온 우리는 저녁을 먹기 위해 광장에 면해 있는 카페 드 라 페에 들렀다. 웨이터에게 '연어 스테이크 구이Pavé de saumon grillé'를 주문한 뒤 와인 글래스를 들자 딸도 잔을 들어 쨍하는 소리를 냈다. 테라스의 노천 테이블에서는 딸이 웨딩케이크를 연상시킨다고 한 객석 1,900석의 오페라 건물이 한눈에 들어온다.

"건물 위쪽에 새겨진 저 황금글자 말이다."

시기	극단 이름	프랑스어	적요
루이 14세	음악아카데미	Académie de Musique	설립
루이 14세	왕립 음악아카데미	Académie Royale de Musique	'왕립' 추가
프랑스대혁명	음악아카데미	Académie de Musique	'왕립' 제거
나폴레옹	제국음악아카데미	Académie Impériale de Musique	'제국' 추가
제2공화국	국립음악아카데미	Académie Nationale de Musique	'제국' → '국립'
나폴레옹 3세	제국음악아카데미	Académie Impériale de Musique	'제국' 복원
나폴레옹 3세	제국오페라극장	Théâtre Impériale de l'Opéra	'제국' 유지
제3공화국	국립오페라극장	Théâtre Nationale de l'Opéra	'제국' → '국립'
2차대전(1939년)	국립음악아카데미	Académie Nationale de Musique	2공명칭 복원

파리국립오페라 극단명 변화

"Académie Nationale de Musique(국립음악아카데미)요?"

"그래. 파리국립오페라Opéra National de Paris의 극단 이름인데 시대에 따라 명칭이 바뀌었다. 그 바뀐 이름만 훑어보아도 프랑스 근대사가 혁명과 반동의 되풀이였던 것을 실감할 수가 있어."

"정말 왕정, 공화정, 제정帝政, 공화정, 제정, 공화정으로 점철되었네요. 저 건물이 세워진 건 언제였어요?"

완공은 제3공화국 때인 1875년이지만 착공은 나폴레옹 3세 때인 1861년이었다. 그러나 나폴레옹 3세가 오페라 전용극장을 새로 지어야겠다는 생각을 갖게 된 것은 1858년이었다. 그해 이탈리아 무정부주의자들이 터뜨린 위장 폭탄사건에서 극적으로 목숨을 건진 그는 좁은 골목이 아니라 탁 트인 넓은 장소에 건립할 오페라 전용극장의 설계도를 공모했다. 이에 응모한 설계가는 모두 171명이었는데, 1~2차 심사를 거쳐 만장일치로 채택된 것은 35세의 젊은 건축가 샤를 가르니에의 작품이었다.

전해지는 이야기에 따르면 가르니에가 공식 프레젠테이션을 하던 날, 내적으론 황실 건축가 비올레 르 뒤크를 지지하던 황후가 가르니에를 향해 "그게 대체 무슨 양식이오? 그리스 양식도 아니고 루이 15세나 루이 16세 양식도 아닌 것이" 하고 핀잔을 주었다.

그러자 가르니에는 "이건 나폴레옹 3세 양식인데 황후께옵서 불평을 하시다니요!" 하고 응수했다. 이에 흐뭇해진 나폴레옹 3세는 가르니에를 불러 귓속말로 "걱정 말게나. 사실 저 여자는 아무것도 모른다네" 하고 속삭였다고 한다.

특권과 정실이 판치던 왕조시대에 설계도를 공모했다는 것부터가 놀라운 일이다. 황후의 지지를 받던 건축가를 제치고 일개 무명 건축가의 설계도가 채택된 것을 생각하면 더욱 그렇다. 진짜 아름다움을 추구했다는 얘기다. 완공되자 오페라 가르니에 건축물의 영향력은 과연 세계적인 것이 되었다.

오페라 가르니에를 모방한 대표적 건축물은 워싱턴에 있는 미국의 회도서관의 토머스 제퍼슨 빌딩(1897)이다. 폴란드에서는 율리우스 슬로바키극장(1893), 바르샤바 필하모닉 공연장(1901), 우크라이나에서는 리비우 오페라극장(1900), 키예프 오페라극장(1901), 브라질에서는 아마조나스극장(1896), 리우데자네이루시립극장(1909), 베트남에서는 하노이 오페라극장(1911) 등이 모두 오페라 가르니에를 흉내 낸 건축물이다.

"오페라 가르니에도 그렇지만 오늘 둘러본 개선문과 샹젤리제도 모두 만만치 않은 문화유산이던데요. 심지어 라파예트 백화점까지. 파리는 정말 역사와 기억의 공간 같아요."

"유산이 많다는 것뿐 아니라 아름다움이 느껴지지 않니? 아까 발코니에서 내려다본 파리 시가지의 아름다움! 어디서도 보지 못한 풍경이었다. 넌 그 이유가 뭐라 생각되니?"

"예술성?"

"통일성이나 다양성, 또는 조화로움을 말하는 사람도 있더라. 분명 그런 면도 있을 거야. 하지만 나는 네가 지적한 예술성에 한 표를 던지고 싶다. 아름다움은 힘이거든."

"아름다움이 힘이라구요?"

그렇다. 역사상 파리는 여러 번 외침을 당했다. 나폴레옹 때는 유럽 동맹군에 점령당했고, 보불전쟁 때는 프로이센군에 점령당했으며, 2차 대전 때는 독일군에 점령당했다. 그러나 아름다운 파리는 기념사진 같은 것이라도 찍어 추억을 간직하고 싶은 곳이지 전쟁도구로 파괴하고 싶은 도시가 아니다. 다시 말하면 파리의 아름다움이 파괴를 막는 힘을 지니고 있었다는 얘기고, 그게 바로 아름다움의 힘이라고 하자 딸이 눈빛을 빛냈다.

서양사를 보면 처음엔 그리스이고 다음은 로마 제국이다. 그 다음 두각을 나타내는 나라가 별로 없다가 13세기경부터 합스부르크 왕가의 오스트리아가 유럽의 권력발전소 노릇을 한다. 그 영향력을 사실상 프랑스로 옮겨오기 시작한 것이 17세기의 루이 14세였다. 그와 동시에 피렌체를 중심으로 르네상스와 바로크 시대를 열었던 이탈리아로부터 문화의 주도권을 가져온다. 이후 프랑스가 유럽의 모든 문화·예술·요리·패션·라이프스타일·에티켓의 중심지가 되기 시작했다는 말을 해주고 나서 "이 말은 전에도 한번 했지?" 하고 덧붙였더니 딸이 반론을 제기했다.

"하지만 팍스 브리태니카의 영국도 있었잖아요?"

"있었지. 하지만 영국은 섬나라다. 젊었을 때 런던에 가본 일이 있는데 파리에 비하면 어쩐지 시골 같은 느낌이었다."

"미국은요?"

미국은 힘이 있지만 역사가 없다는 약점이 있다. 그래서 로마가 그리스 문화를 받아들였던 것처럼 미국은 유럽 문화를 끌어들였다. 그 결과 미국 상류층은 유럽식으로 먹고 유럽식으로 입고 유럽식으로 생활했는데 그 유럽식 모델의 상당 부분이 사실은 파리였던 셈이라고 하자 딸이 고개를 끄덕였다.

"하긴 뉴욕 맨해튼의 오래된 아파트들을 보면 파리 아파트와 비슷해요."

"그렇지? 생각해봐라. 헤밍웨이 등 잃어버린 세대가 왜 파리에 와서 살았는가를. 한두 명이 아니었잖아? 그들에겐 '도시의 원점'인 파리가 마음의 수도였던 거야. 미국의 작가나 예술가들에겐 파리의 도회문명적 감성이 필요했던 거지. 그런데 그게 미국인만 그랬겠어? 스페인, 이탈리아, 폴란드, 벨기에, 루마니아, 불가리아, 체코, 독일, 스위스, 네덜란드, 영국, 아일랜드 예술가와 작가들도 다 비슷했단다. 그래서 문화의 수도인 파리로 몰려들었던 거야."

유서 깊은 카페 드 라 페의 노천 테이블에서 딸과 이야기를 나누고 있는 동안 어둠은 짙어졌지만 조명 받은 오페라 가르니에는 오히려 화려하게 빛나고 있었다.

23

우리가 몰랐던 에펠탑 이야기

피카소가 반한 한국인 무용가 최승희

파리의 대표 건축물인 에펠탑을 보려면 바로 밑보다는 도보로 20여 분 떨어진 샤이요 궁Palais de Chaillot 쪽이 좋다는 말을 들은 일이 있어 우리는 메트로를 타고 '트로카데로Trocadéro'역으로 향했다.

샤이요 궁은 원래 트로카데로 궁이 있던 자리에 다시 지어진 좌우대칭의 웅장한 건물로 한쪽 날개는 문화재박물관, 다른 한쪽 날개는 인류박물관과 해양박물관으로 이용되고 있고, 중앙광장 밑에는 샤이요 국립극장이 있다. 이 궁전 극장에 아빠가 관심을 보이신 건 지난날 당신이 최승희에

에펠탑 맞은편에 있는
샤이요 궁의 일부 ©강재인

관한 글을 쓰셨기 때문이다.

알고 있는 사람이 많지 않지만 무용가 최승희는 1938년 6월 23일 이 극장에서 공연을 가졌다고 한다. 그날 유럽 최대 극장인 객석 3천 석의 이 극장은 최승희의 춤을 보러 온 사람들로 꽉 찼는데 그 가운데는 화가 피카소, 앙리 마티스, 시인 장 콕토, 작가 로맹 롤랑, 배우 미셸 시몽 등 당대의 문화예술인들이 많았다는 것이다.

최승희는 그들 앞에서 새로 창작한 작품들을 중심으로 능숙한 공연을 펼쳤다. 스페인의 전설적인 무용가 라 아르헨티나가 죽은 뒤로 구미에 이렇다 할 솔로 댄서가 없던 차에 최승희가 다시 바람을 불러일으켰던 거라고 했다. 당시 신문은 그녀를 격찬했고 관중석에선 환호성이 터져 나왔다.

"무슨 춤이었어요?"

"조선 춤."

가장 인기를 끈 건 '초립동' 춤이었는데, 최승희가 공연을 마치고 난 뒤 일주일 만에 초립동 모자가 파리에 유행했다는 것이다. 이 설이 사실인지 확인해보기 위해 2002년 KBS 취재팀이 파리의 고몽필름센터를 방문해 찾아보았더니 사실로 밝혀졌다. 당시 프랑스 아나운서가 "여성용 새로운 모자가 지금 막 유행하기 시작했습니다. 셍시프라는 모자 디자이너가 초립동 모자를 처음 도입했는데 파리 여성들을 더욱 사랑스럽게 보이게 합니다"라고 소개하는 장면이 담긴 모자 패션 필름을 확인했다고 한다.

관능미가 돋보였다는
최승희의 보살춤
©Wikimedia Commons

"요즘으로 치면 한류였네요."

"한류 제1호지. 재미있는 건 객석에서 관람하던 피카소가 최승희의 모습을 연필로 스케치했다는 사실이야."

"정말요?"

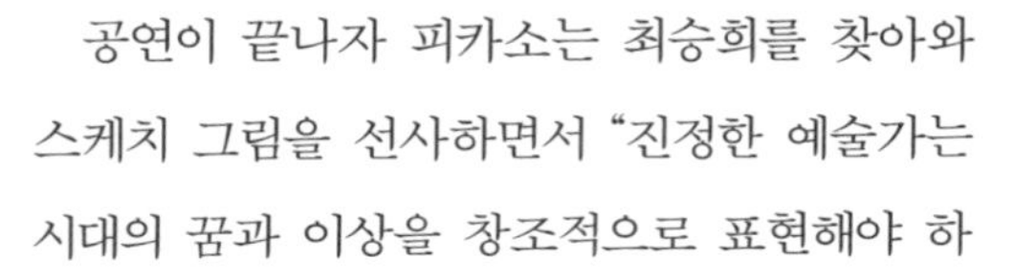

공연이 끝나자 피카소는 최승희를 찾아와 스케치 그림을 선사하면서 "진정한 예술가는 시대의 꿈과 이상을 창조적으로 표현해야 하는데, 당신이 바로 그런 예술가요"라는 말을 한 것으로 전해진다. 그런데 피카소가 그린 이 연필화는 KBS가 최승희 탄생 90주년 기념 다큐멘터리를 제작하는 과정에서 국내 모 거물급 정치인이 소장하고 있는 것으로 파악되었다고 보도한 잡지가 있었다.

아빠의 설명을 들은 나는 샤이요 궁을 새삼 뜻있는 눈으로 바라보게 되었다. 극장 안에 들어가서 당시의 정경을 확인해보고 싶었으나 대리석이 깔린 샤이요 궁 중앙광장으로 몰려드는 관광객들의 물결에 밀려 우리도 모르는 사이에 앞으로 나아가게 되었다. 사람들이 몰려든 것은 샤이요 궁 앞으로 에펠탑Tour Eiffel의 전경이 펼쳐졌기 때문이다.

파리의 상징, 에펠탑에 얽힌 에피소드

첨탑까지 324미터 높이의 에펠탑은 39년 전과 마찬가지 모습으로 서 있구나 하고 아빠가 술회하셨다. 너무나 유명한 탑이고, 너무나 많은 사진을 보아왔기에 새로울 것도 없지만 아빠로선 "파리에 다시 왔구나" 하는 감회만은 어쩔 수 없으셨던 모양이다.

에펠탑을 찍기 위해 셀카봉을 든 관광객들이 여기저기서 포즈를 취하고 있었다. 세계 각국에서 온 개별 관광객도 많지만 동양의 단체 관광객들도 눈에 띈다. 셀카봉을 사라고 외치는 아프리카계의 장사꾼들도 많다.

에펠탑은 프랑스대혁명 100주년이 되는 1889년 제4회 파리만국박람회를 개최하기로 하고, 그 일환으로 세계에서 가장 높은 철골 건축물을 지은 것이었다. 그러나 교량전문가 귀스타프 에펠이 설계한 이 구조물은 미관을 위해 화강암을 덧씌우던 당시 개념과 반대로 내부철골을 그대로 드러내는 형식이었다.

이 때문에 파리 시민들은 도시 미관을 해친다며 격렬히 반대했고, 그 반대세력의 중심에는 《몽테크리스토 백작》으로 유명한 소설가 알렉상드르 뒤마가 있었다. 한편, 날마다 에펠탑의 1층 식당에서 점심을 먹던 소설가 모파상은 기자들의 질문에 이렇게 답변했다.

"꼴 보기 싫은 에펠탑이 보이지 않는 데가 없어 할 수 없이 여기 와서 밥을 먹는 거요."

에펠탑 밑에선 에펠탑이 보이지 않았기 때문이다. 그러나 파리 지식인들의 조롱과 달리 이 탑은 만국박람회가 열리는 동안 200만 관람객이 찾아오는 대흥행을 기록했고, 지금도 세계 각국에서 연 700만 명이 찾아오는 파리 제1의 관광명소가 되어 있다.

1940년 에펠탑을 배경으로 기념사진을 찍은 히틀러
ⓒWikimedia Commons

나는 처음부터 사진 찍을 자리를 찾고 있었다. 내 머릿속에 각인되어 있는 장소는 파리를 점령한 히틀러가 1940년 에펠탑을 배경으로 포즈를 취한 자리였다. 독재자이니 얼마나 고르고 고른 자리에서 포즈를 취했겠는가.

재미있는 에피소드는 독일이 파리를 점령했을 때, 에펠탑 승강기의 케이블이 끊어지는 바람에 히틀러가 계단으로 올라가는 것을 포기하고 말았다는 사실이다. 이를 두고 프랑스인들은 히틀러가 프랑스를 점거했지만 에펠탑은 정복하지 못했다고 비아냥거렸다고 한다.

1944년, 연합군이 노르망디 상륙작전에 성공하여 독일군을 밀어내자 히틀러는 파리 군정장관 디트리히 폰 콜티츠에게 파리 철수 시 도시의 주요 건축물과 기념물을 모두 폭파하라는 명을 내렸다. 그러나 폰 콜티츠가 이 명을 어기는 바람에 에펠탑이 살아남을 수 있었다는 것이다.

사진을 찍고 나서 에펠탑이 세워진 마르스 공원Champ de Mars 쪽으로

폭파하라는 히틀러의 명령에도
살아남은 파리의 에펠탑 ©강재인

내려갔다. 좌우대칭의 조형미를 중시하는 프랑스인의 건축양식에 따라 조성된 대형 분수대와 인공호수 옆의 길을 따라 에펠탑 쪽으로 향했다. 하지만 막상 에펠탑 밑에 도착하니 전망대로 오르는 입장료도 내야 하지만 그보다도 기다리는 줄 때문에 난감한 생각이 들었다.

"올라가보시겠어요?"

"아니다. 시간을 아껴야지. 파리 전경은 지난번 몽마르트르 언덕에서 보았으니 올라가본 걸로 하고 뭐 좀 먹으러 갈까?"

"그렇잖아도 런치를 예약한 곳이 있어요."

음식 평가에는 가성비를 무시할 수 없는데, 가격이 비싼 고급 레스토랑의 코스요리가 맛있다는 의견은 와 닿지 않기 때문에 나는 가격이 비싸지 않은 대중식당을 겨냥했다. 파리는 연중 내내 관광객이 넘치는 도시라 유명하다는 레스토랑은 예약 자체가 쉽지 않고, 런치와 디너의 영업시간이 뉴욕이나 서울에 비해 다소 짧기 때문에 식도락가는 이 점을 염두에 두는 것이 좋다.

추천하고 싶은 파리 에펠탑 부근
레스토랑 포토카 ©강재인

우리는 테마여행의 동선에서 크게 벗어나지 않는 레스토랑을 찾았는데, 추천하고 싶은 곳 중의 하나는 카페 콩스땅Café Constant이고, 다른 하나는 포토카Pottoka 레스토랑이다. 둘 다 에펠탑 근처에 있다.

프랑스 요리는 보통 전채요리Entrée + 메인요리Plat + 후식Dessert에 와인을 곁들이는데, 오늘 점심은 내부가 아담한, 미슐랭 1스타를 받은 포토카 레스토랑의 코스요리였다. 우선 접시에 담겨 나오는 음식 모양부터가 예뻤다.

전채요리로 나온 얇은 무와 상큼한 라즈베리가 버무려진 참치 타르타르, 그리고 계란 반숙과 병아리콩의 고소한 맛이 입맛을 돋운다. 토마토소스가 얹힌 대구요리는 겉은 바삭하고 속은 부드러운 것이 아주 일품이었다. 그래서 또 다른 메인디시였던 비프스테이크보다는 대구요리를 추천하고 싶다. 다른 레스토랑에서도 느낀 거지만 파리의 쇠고기는 좀 질긴 편이어서 만족감이 크지 않았다.

후식으로 먹은 프렌치토스트와 견과류가 곁들어진 아이스크림은 모양과 맛 둘 다 훌륭했다. 다 합해 1인당 35유로가 나왔는데, 파리에서 이 정도면 가성비가 좋은 편이다. 부담 없이 사먹을 수 있는 대중식사가 맛있어야 그 나라 음식이 맛있다는 생각이 든다.

식사를 마치신 아빠가 다음 행선지를 재촉하셨다.

"이번엔 파리를 측면에서 보도록 하자."

"측면에서요?"

"유람선을 타보자구."

파리의 아름다움

우리는 그랑팔레 부근의 센 강 강변에 있는 바토무슈Bateaux Mouches 선착장으로 갔다. 인근 메트로역은 알마 마르소Alma Marceau다. 마침 떠나려는 배가 있어 서둘러 승선했다.

파리 센 강을 오가는 유람선
바토무슈의 선착장에서 ©강재인

바토무슈는 14유로인데, 미리 예매해둔 표가 있어 따로 살 필요는 없었다. 승객들 대부분은 갑판 위의 노천 의자에 앉아 있었다. 비가 오지 않

승객들이 보면서 환호성을 지른
화려한 알렉상드르 3세 다리 ©강재인

는 쾌적한 날씨였기 때문이다. 선착장을 출발한 유람선은 센 강 동쪽으로 나아가다 다시 되돌아오는 코스로 탑승시간은 1시간 10분 정도였다.

배가 움직이기 시작하자 1900년 파리만국박람회 때 미술관으로 지었다는 그랑팔레Grand Palais와 프티팔레Petit Palais가 보였다. 그리고 부르봉 궁→오르세 미술관→루브르 박물관 등 강변에 지어진 건축물을 거쳐 시테 섬을 지나면서는 퐁뇌프 다리→노트르담 사원 등을 구경할 수 있었다. 또 돌아오는 코스에서는 승선한 지점보다 훨씬 먼 곳까지 가서 돌아오기 때문에 튈르리 정원, 엥발리드를 비롯하여 에펠탑과 샤이요 궁을 원경으로 다시 감상할 수 있었다.

배를 타는 동안 승객들은 두 지점에서 환호성을 올렸다. 한 곳은 화려한 알렉상드르 3세 다리였고, 다른 한 곳은 노트르담 사원이었다.

"파리를 측면에서 보니 어떤 생각이 드냐?"

"중요한 건축물들이 강변을 따라 배치되어 있다는 게 인상적이에요. 건물 하나하나도 그렇지만 구도가 너무 좋아요. 역시 아름다움을 생각하고 그렇게 배치한 거겠죠?"

아빠는 고개를 끄덕이셨다. 역사적으로 파리 건축행정의 주안점은 '미관美觀'에 있었다. 모든 건축물은 자율적으로 건설되는 것이 아니라, 반드시 그 지역의 특성이나 다른 건축물들과 조화를 이룸으로써 전체적인 미관에 적합해야만 건축허가를 내준다는 점이다. 이 경우 건축물들의 배치와 구도는 아주 중요한 요소가 된다. 파리의 아름다움이 저절로 형성된 것이 아님을 알 수 있었다.

아름다움은 우리를 매료시킨다. 그러나 배 위에서 강물을 내려다보고 있으려니 문득 이런 의문이 들었다. 객관적으로 실재하는 아름다움은 존재하는 것일까? 실제로 존재하는 것은 형이상학적 개념으로서의 아름다움이 아니라 철학자 칸트의 지적처럼 우리 마음속에 생생히 살아있는 아름다움에 대한 감정이다. 그렇다면 프랑스인의 그 감정을 결정짓는 요소는 무엇일까? 조화? 균형? 통일? 이런저런 생각에 빠져들던 순간 아빠가 내 어깨를 두드리셨다.

"다 왔다!"

24

파리를 찾은 한국인들

파리의 한국 식료품점

유람선에서 내려 숙소로 돌아오는 길에 파리 제1구의 생트안느로Rue Sainte-Anne에 있는 한국 식료품점 K마트에 들르기로 했다. 아빠가 그걸 원하셨다. 가게는 팔레루아얄 왼쪽에 있는데 우리가 하선한 장소에서는 도보로 한참 걸어야 했다. K마트의 인근 메트로역 이름은 '피라미드Pyramides'다.

"우버를 부를까요?"

"아니다, 걸어가자. 구경도 할 겸."

튈르리 정원을 거쳐 생트안느로로 접어드니 일본 레스토랑이 자주 눈에 띄었다. 프랑스인의 일본 사랑이 만만치 않다는 얘기를 들은 일이 있는데 정말 그런가 보다 싶었다. 하지만 인근엔 한국 식당들도 심심치 않게 보인다.

"이곳 일본 식당은 가지 말라는 인터넷 글을 보았어요. 대개 중국인

파리의 식품점 ©강재인

들이 영업하는 거라 맛이 좀 그렇대요. 차라리 프랑스 식민지였던 베트남 식당에 가는 게 낫다더군요."

"네 말이 맞는 것 같다. 저 일본 식당 상호는 'Tomo'인데 친구 붕朋 자를 썼다. 일본인이라면 친구 우友 자를 썼을 텐데 아무래도 식당 주인이 중국인이란 얘기지."

한자에 약한 나는 아빠의 말에 건성으로 고개를 끄덕였다. K마트는 손님들로 붐비고 있었다. 한국인도 있었지만 프랑스인이 많았고, 동남아인도 보였다. 값은 서울보다 약간 비싸다는 정도였다. 아빠는 김치와 고추장, 된장, 두부, 양념, 참치 캔 등의 식재료를 구입하셨다. 그리고 아파트로 돌아가는 길에 들른 프랑스 식품점에서 나는 내일 아침 먹을 샐러드, 드레싱, 과일, 훈제 연어 등을 샀다.

"오늘 저녁은 내가 하마."

그렇게 선언하신 아빠는 그날 저녁 참치와 두부를 넣고 김치찌개를 끓이셨다. 젊은 시절 등산 다닐 때 끓이던 방법이라면서. 하지만 나는 처음부터 알고 있었다. 아빠가 내 기분을 맞춰주기 위해 그러시는 거라는 걸.

"어떠냐?"

아빠가 내 눈치를 살피며 물으셨다. 일본 여자처럼 목소리를 한 옥타브 올려 맛있다는 점을 강조해야겠다고 생각했다. 사실 맛있다고 할 때는 서양 여자도 약간 호들갑을 떤다. 그런 반응을 보이는 것이 음식을 준비한 상대방을 기분 좋게 만든다고 여기기 때문이다.

"맛있는데요."

내가 목소리를 한 옥타브 올려 호들갑을 떨자 아빠도 좋아하시는 눈치였다. 식사가 끝난 뒤 방 안의 음식냄새를 제거하기 위해 창문을 활짝 열었다.

"어디 산책이라도 좀 나가시겠어요?"

"그럴까?"

아빠가 쾌히 동의하셨다.

함께 아파트 밖으로 나가니 거리는 온통 카페투성이로 노천 테이블에 수많은 파리지앵들이 커피나 와인 또는 간단한 음식을 시켜놓고 앉

아파트 주변에 다닥다닥 붙어 있는 카페들
ⓒZoetnet from flickr

아 수다를 떨고 있었다. 작은 골목길이라 건물들에 공명된 그들의 수다가 와글와글 마치 개구리 울음소리처럼 들렸다.

"허허, 굉장하구나."

파리에 카페가 많은 까닭

아빠는 조금 놀라신 눈치였다. 지난번 가본 카페 드 플로르나 카페 레 되 마고처럼 넓은 광장에 면해 있을 때는 느끼지 못했는데, 아파트 주변에 다닥다닥 붙은 카페나 빈틈없이 건물들이 들어찬 마레의 아파트 지역을 구경하고 난 뒤로 나는 파리에 왜 그렇게 카페가 많은지, 그리고 왜 파리지앵들이 카페에 나와 앉기를 좋아하는지 그 이유를 알 수 있을 것 같았다.

20미터 높이의 아파트들이 사면팔방으로 뻗어 있는 파리 시가지
©Aleksandr Zykov from flickr

파리는 전 시가지가 대략 20미터 높이의 건물들로 죽 연결되어 있다. 이 건물들 사이로 불르바르Boulevard나 아브뉘Avenue 같은 대로가 뚫려 있으면 괜찮지만, 뒤쪽의 로Rue나 작은 골목길로 들어가 높이 20미터의 건물들이 죽 잇대어진 아파트들 사이에 놓이면 마치 감옥에 유폐되어 있는 듯한 폐쇄공포증이 느껴진다. 그래서 옆 골목으로 돌아서면 거기도 높이 20미터의 아파트들이 빈틈없이 잇대어져 있고, 뒤로 돌아 방사선으로 난 골목길을 보면 거기도 높이 20미터의 건물들이 죽 늘어서 있어 나는 도무지 출구가 없는 미로에 갇혀 있는 것만 같았다.

미칠 것 같다는 그런 심정으로 걸어 나오다가 사거리의 광장을 만나면 비로소 답답한 가슴이 뻥 뚫렸다. 파리의 광장은 이래서 필수적인 것인지 모르겠다는 생각이 들었다. 거기다 파리의 아파트들은 잇대어 지어졌기 때문에 햇볕이 방에 잘 들지 않는 것은 물론 채광이나 통풍도 잘 되지 않는 편이었다. 이런 아파트에 갇혀 살면 답답함 때문에 자연 카페로 나오게 되지 않을까?

"아빠! 어디 좀 앉으시겠어요?"

"그러자꾸나."

아빠와 나는 비교적 한산한 카페에 들어가 와인을 주문했다. 기분 좋은 밤이었다. 적당히 선선한 밤 기온과 와인…. 아빠가 술잔을 기울이며 물으셨다.

"파리를 관광한 소감이 어떠냐? 허전한 느낌 같은 것은 없데?"

나는 아빠가 무슨 뜻으로 하시는 말씀인지 몰라 그냥 쳐다보기만 했다.

"옛날 스페인 바르셀로나에 갔을 때인데 기차역에서 내리자마자 람블라La Rambla 거리를 찾아갔다."

람블라 거리의 카페들을 보시기 위해서였다고 한다. 스페인내전을 앞둔 1930년대의 그 거리엔 유럽과 미국의 작가와 시인, 지식인, 무정부주의자 및 분리주의자들이 구름처럼 몰려들었다. 높은 이상과 불 뿜는 열정 속에서 밤마다 피어오르던 음모와 혁명의 불길은 결국 그들 자신의 소멸을 가져온다는 아이러니를 맞게 된다. 죽음과 종신징역의 운명 아래서 당대의 주역들이 호흡하던 공간을 한 번 꼭 보고 싶으셨던 모양이다. 그런데 아빠가 방문하셨던 1970년대 말에는 람블라의 낭만적인 카페들이 상당수 문을 닫고 대신 자동차판매점의 쇼룸이나 가구점, 또는 옷가게 같은 것으로 바뀌어 있었다고 한다.

"얼마나 가슴이 허전하던지. 머릿속에 자리 잡은 환상과 현실이 어긋날 때 생기는 허전한 느낌 말이다."

"전 프랑스 문화와 역사를 만나는 대목이 많아서 좋았어요."

"그렇다면 다행이구나. 헤밍웨이는 이런 말을 했다. '이 세상에서 우리가 행복하게 살 수 있는 곳은 자기 집과 파리 두 곳뿐이다There are only two places in the world where we can live happy: at home and in Paris.'"

파리에 대한 극찬이다. 장 메랄Jean Méral이 쓴 《미국 문학에서의 파리》란 책에 보면 1824년부터 1978년까지 파리를 무대로 한 미국 소설이 200편 넘게 생산되었다고 한다. 그런 점은 영어 단어에서도 느껴진다. 가령 미국에서 쓰는 resumé(이력서), connoisseur(감식전문가), amateur(아마추어), gourmet(미식가), raison d'être(존재이유), bouquet(꽃다발) 같은 단어는 다 불어에서 온 것이다.

파리 땅을 밟은 한국인들

"그런데 우리가 본 샤이요 궁 말이다. 그곳에 있는 샤이요국립극장에서 최승희가 무용공연을 한 것이 1938년이라고 했잖아? 최승희처럼 우리 이전에 파리를 밟은 한국인들은 누가 있었는지 궁금하지 않니?"

"궁금하죠. 하지만 파리에 오는 한국인이 하도 많으니까."

"아니, 요즘 관광객 말고."

"누가 있었죠?"

한국인으로서 파리 시가지를 처음 밟았던 보빙사절단의 정사 민영익
ⓒWikimedia Commons

파리 시가지를 처음 밟은 한국인은 1883년 보빙사절단의 정사였던 민영익과 그 수행원인 서광범, 변수 등이었다고 한다. 그리고 미국 보스턴대학에서 공부하던 유길준이 귀국길에 파리에 들렀는데 그것이 1885년이고.

유길준 뒤엔 김옥균을 암살한 홍종우가 있었다. 그는 유길준이 파리를 방문한 지 7년 뒤인 1890년부터 약 2년 반 동안 파리에 살았다. 일본에 건너가 신문사 식자공을 하면서 모은 돈으로 자비 유학을 했다고 한다. 프랑스어도 일본에서 배웠던 모양이다.

약 2년 반 동안 파리에 살았던 홍종우
ⓒWikimedia Commons

프랑스 법을 공부하려고 소르본대학 근처에 숙소까지 마련했지만 입학이 잘 안 되었던지 대학에 다니는 대신 기메Guimet박물관 촉탁으로 취직해서 《춘향전》을 《향기로운 봄Printemps parfumé》, 《심청전》을 《다시 꽃피는 고목나무Le bois sec refleuri》라는 제목으로 번역본을 냈다는 것이다. 이로 보면 꽤 지식이 있었던 모양인데 파리 생활에 대한 기록을 남기지 않은 게 아쉽다고 아빠는 말씀하셨다.

"민영환도 파리에 왔었다는 얘기가 있던데요?"

"맞아. 유럽 6개국 특명전권공사로 파리를 방문한 것이 1897년이었지."

"그 다음은 누구예요?"

한국 최초의 서양 여성화가이자 문필가였던 나혜석
©Wikimedia Commons

해방 후 동국대 총장을 역임한 백성욱이다. 그는 1920년 파리의 보베Beavais고등학교를 다녔다고 한다. 또 문교장관을 지낸 김법린이 1921년 소르본대학에 입학하여 철학을 공부했고, 철학자 정석해가 1924년 역시 소르본대학에 입학하여 철학을 공부했다. 그러다가 여류화가 나혜석이 파리로 유학 온 게 1927년이고.

"어떻게 왔어요? 자비였어요?"

"남편 김우영이 만주 안동현의 부영사였는데, 일본 정부로부터 특별 포상을 받아 부부 함께 해외 위로여행을 왔다더라. 그 길로 나혜석은 미술을 공부하다가 1928년 파리에 온 천도교 교령 최린과 눈이 맞는 바람에 남편으로부터 이혼을 당했다."

"그 시절에도 그런 일이 있었군요. 다음은 누구예요?"

해방 후 프랑스 공사, 농림부 장관 등을 역임한 공진항으로 1931년인가 파리 소르본대학에서 사회학을 공부했다. 그 다음은 동경제대를 졸업하고 일본 고등문관 외교관시험에 수석합격한 장철수라는 사람이다. 해방 전 조선인으론 유일한 직업외교관이기도 했다. 그 장철수가 1930년대 초 파리의 일본대사관에 근무했다는 기록이 있다는 것이다.

그 다음은 1938년 사이요국립극장에서 무용공연을 한 최승희와 그 남편 안막.

그 다음은 6.25의 전쟁 상처를 안고 파리로 온 화가들이었다. 이를테면 이성자(1951), 김환기(1956), 남관(1958), 권옥련(1958), 이응노(1958), 한묵(1961), 방혜자(1961), 김창렬(1968) 등이다. 한편으론 안응렬, 이휘영, 김붕구, 오현우, 이환, 방곤, 박이문 등의 불문학자들도 유학을 왔다고 한다.

"작곡가 윤이상도 파리에서 공부하지 않았어요?"

"그랬지. 1956년 파리음악원에 입학해서 음악 이론을 배웠다더라."

"피아니스트 백건우는요?"

"1980년대 이후지. 바이올리니스트 강동석, 지휘자 정명훈 등도 파리에 왔었고. 현재 활동하는 화가로는 우리가 잘 모르는 분들도 많고. 또 파리에 유학한 학생들도 상당히 많을 거고."

"정말 많겠네요."

"거기다 수많은 관광객을 생각해봐라."

본래 땅 위엔 길이 없었지만 걷는 사람이 많아지면 그것이 곧 길이 되는 것이라고 루쉰魯迅이 말했는데, 이제 서울과 파리 사이엔 아주 큰 길이 만들어진 것이다. 첫 걸음을 뗀 지 135년 만에. 깊어가는 파리의 밤공기 속에 갑자기 시간의 무게감이 느껴졌다. 파리를 디딘 수십만 또는 수백만 한국인들의 발자국들에 담긴 시간을 모두 합친 무게감이….

25

우주의 한 별 위에서, 지상에서, 파리에서

뉴욕 하이라인 파크의 원조, 파리의 녹색길을 걷다

파리는 걷기에 아주 좋은 도시다. 어딜 가나 길이 곧고 평평하며 널찍한 인도가 따로 나 있다. 소르본대학 위쪽에 위치해 있었으나 지금은 폐쇄되었다는 레스토랑 '와트Watt'의 차양천막엔 "마시고, 먹고, 수다 떨고, 즐기고, 걷는다boire, manger, bavarder, s'amuser, flâner"는 글자가 적혀 있었는데, 거기 등장하는 플라네르flâner가 파리를 걷는 데 어울리는 단어다.

보통 '산책'으로 번역하지만 감정 중립적인 프롬나드promenade와 달리 플라네르는 영어의 스트롤stroll처럼 '한가로이 걷다', '어슬렁거리다'라는 뜻으로 우리처럼 여기저기 구경하며 걷는 관광객에게 어울리는 단어다.

미술품 같고 유적 같은 파리의 건물들을 보면서 한가로이 걷고 있던 아빠가 '녹색길La Coulée Verte'을 한번 걸어보면 어떻겠느냐고 제안하셨다. 이때 걷는 것은 '플라네르'가 아니라 '프롬나드'다. 그래서 '녹색길'

파리 시청에서 세운 녹색길의 표지판 ⓒ강재인

의 원래 이름을 '프롬나드 플랑테Promenade Plantée', 곧 '초목(이 심겨진) 산책로'로 붙였던 것인지도 모른다고 아빠가 덧붙이셨다.

'녹색길'의 풀 네임은 '쿨레 베르뜨 르네-뒤몽Coulée verte René-Dumont', 곧 '르네-뒤몽 녹색길'이다. 위치는 이미 가본 일이 있는 12구역이었다. 지하철을 타고 바스티유역에서 내린 뒤 동남쪽으로 내려가면 도메닐가Avenue Daumesnil를 만나게 된다. 그 거리와 병행해서 뻗은 고가 산책로가 바로 녹색길이었다.

오페라 바스티유 부근에서 시작되는 녹색길은 파리 동남쪽 외곽의 벵센느 숲Bois de Vincennes까지 총 4.5킬로미터인데, 도심의 건물들 사이로 놓인 고가 산책로 1.5킬로미터 정도를 왕복하는 것으로 목표를 세우고 그 길을 걷기 시작했다. 입구에 파리 시청에서 세운 표지판이 눈에 띄었다.

개를 데리고 걸어도 안 되고, 롤러스케이트나 보드를 타도 안 되며, 자전거를 타도 안 된다는 내용이었다. 오직 사람의 산책만 허용되는 길이다. 과연 여기저기 걷고 있는 사람들이 눈에 들어왔다.

산책로의 모양은 다양했다. 장미덩굴이나 아칸서스 또는 라벤더가 심겨진 꽃길 형태도 있고, 등나무나 담쟁이덩굴로 덮인 아치형 길도 있으며, 대나무, 단풍나무, 살구나무, 라임나무 등의 가로수가 심겨진 길도 있고, 건물과 건물 사이로 난 육교 위에 널빤지를 깐 길도 있으며, 잔디가 심어진 구름다리나 적교형 길 또는 터널 길도 있었다.

뉴욕 하이라인이나 서울로의
원조 격인 파리의 녹색길 ⓒ강재인

약 9미터 높이의 공중에 들어 올려진 녹색길은 본래 버려진 철도였다. 바스티유 광장에서 파리 동남쪽에 있는 마렌느 생모르까지 철도가 놓인 것은 1859년이었고, 이 노선이 폐쇄된 것은 1969년이었다.

그로부터 도심의 흉물로 남게 된 폐철도를 처리하기 위해 여러 방안이 모색되었는데, 수년간의 토론 끝에 얻은 결론은 버려진 철도를 고가공원으로 재생시키자는 것이었다. 세계 최초의 고가 산책로였다. 그래서 초기 이름은 '초목 산책로', 곧 '프롬나드 플랑테'였다. 1988년부터 공사를 시작해 1994년 완공했다.

말없이 걷고 계시던 아빠가 입을 여셨다.

파리의 녹색길은 다양한 형태의 산책로로 구성되어 있었다. ©강재인

"마르코 폴로라고 들어봤지? 아버지를 따라 원나라에 갔다가 그곳에서 17년 동안 관리생활을 했던 베네치아 사람. 그가 고향에 돌아올 때 가져온 물건 가운데는 국수가 있었다. 이 국수를 응용해서 만든 게 마카로니야."

"그래요?"

아니라는 설도 있지만 일단은 그렇게 보신다면서 아빠는 그 비슷한 사례로 화약을 드셨다. 원래는 악귀를 쫓기 위한 폭죽으로 사용되던 건데, 서양에 넘어가선 총과 대포가 되어 중국으로 다시 돌아왔다는 것이다. 녹색길을 보니 뉴욕의 '하이라인파크High Line Park'와 서울역 앞의 '서울로7017'이 생각난다고 하셨다.

"아, 알겠어요. 뉴욕 하이라인이 파리의 녹색길을 모방하고, '서울로'가 뉴욕 하이라인을 모방했다는 얘기죠?"

"그래, 태양 아래 새로운 건 없다. 서로 베끼고 모방하면서 발전하는 거지. 그런 의미에서 문명은 전달이다."

아빠는 더 큰 걸 말씀하셨지만 나는 버려진 철도를 산책로로 만든 뉴욕의 하이라인을 보고 감탄한 일이 있었는데, 그게 파리의 녹색길을 모방한 거였다는 사실에 약간 충격을 받았다. 역시 파리는 만만치 않은 도시라는 생각이 들었기 때문이다.

녹색길을 걷던 아빠는 파리 시내 어디라도 매 블록마다 일정한 간격으로 죽 설치되어 있는 쓰레기통을 손으로 가리키셨다. 쓰레기통이라기보다는 둥근 철사에 끼운 비닐봉투였다. 녹색길과 더불어 거리의 비닐 쓰레기통이 파리의 재치를 느끼게 하지 않느냐고 하셨다. 던져 넣기도 쉽고 다 차면 청소부가 거둬가기도 쉽고.

파리 시내 어디라도 매 블록마다 일정한 간격으로 죽 설치되어 있는 간편한 쓰레기통 ©강재인

진정한 여행이란

"일주일간 파리 여행의 소감이 어떠세요?"

"헤밍웨이는 이런 말을 했다. '당신에게 충분한 행운이 있어 젊은 시절을 파리에서 살았었다면, 파리는 '이동축제일'이니까, 어디를 가든 남은 일생 동안 파리는 당신과 함께하게 될 것이다If you are lucky enough to have lived in Paris as a young man, then wherever you go for the rest of your life, it stays with you, for Paris is a moveable feast."

"무슨 뜻이에요?"

"파리에 대한 추억은 크리스마스 같은 '고정축제일immoveable feast'처럼 정기적으로 나타나진 않더라도 해마다 날짜가 달라지는 부활절이나 추수감사절 같은 '이동축제일moveable feast'처럼 예기치 않은 순간에 당신의 삶 속에 불쑥 나타나게 될 거라는 그런 얘기다."

"'이동축제일'을 '파리는 날마다 축제'라고 번역한 책이 있어 좀 의아했어요. 어떻게 날마다 축제가 있을 수 있나 하고. 날마다는 아니지만 이동축제일처럼 예기치 않은 순간에 불쑥 생각나는 파리…."

"어느 정도 인생을 살아온 아빠가 요즘 와서 느끼는 것은 인생 자체도 한 번뿐이지만 사실은 매순간이 마지막이라는 깨달음이다. 같은 사건, 같은 인물, 같은 환경, 같은 느낌은 다시 되풀이되지 않더라. 그래서 너와의 이번 여행이 아빠의 남은 삶 속에서 '이동축제일'이 되었으면 좋겠다. 너는 어떠냐?"

"다시 오고 싶은 생각이 드는 도시예요. 전 꼭 한번 다시 올 거예요."

"어떤 점이 그런 생각을 들게 하더냐?"

나는 핸드폰에 저장해두었던 글을 클릭했다.

> 파리의 뒷골목, 예술, 문학, 요리… 아니 프랑스의 문화 전반에 대해 당신이 들어온 그 화려한 신화들은 어떤 형태로 전달되었든 모두 진실일 것이다. 한때는 '누구나의 제2조국le deuxième pays de tout le monde'이라고도 불리던 프랑스. 그 수도인 파리는 오늘도 누구나 한번쯤 가보고 싶은 도시이며 또 보고 나면 누구나 저마다의 형용사를 간직한 채 돌아가게 되는 곳이다. 지성과 사랑과 자유의 도시라던 세계인의 파리.

얼마쯤 감동의 이미지가 오버랩되어 오지 않는다면 당신은 분명 나이 어린 세대에 속하고 있을 것이다. 간접적이나마 파리의 명성을 알고 있는 세대에게 있어서, 한 줄기 노스탤지어가 없을 수 없음은 아마도 '도시의 원점'이라고도 할 수 있는 그 무엇이 파리에 존재한다고 생각했기 때문일 것이다. 19세기에 프랑스인이 처음 만들어내었던 섬세하고도 현란한 도시적 문명. 파리는 그 본바닥이었다….

"이건 뭐냐?"

아빠가 조금 놀란 표정으로 물으셨다. 39년 전 아빠가 파리를 방문하시고 나서 언론 매체에 발표하고 책으로 출간하셨던 글의 일부다. 일주일 동안 파리를 여행한 총체적 소감은 아빠가 느끼셨던 당시의 소감과 크게 다르지 않았다.

"아니, 난 네가 느낀 소감을 듣고 싶은 거다."

"파리는 아름답죠. 하지만 그런 상투적 표현을 넘어서는 뭔가 묘한 매력 같은 게 있어요. 사실 파리를 여행하는 동안 머릿속에 자크 프레베르의 시가 자꾸 떠올랐어요."

내가 유투브에서 찾은 프랑스 여자의 청아한 음성이 흘러나오기 시작했다.

수천 년 수만 년도	Des milliers et des milliers d'années
충분친 않을 거야	Ne sauraient suffire
그 영원의 짧은 순간을	Pour dire
말하기에는	La petite seconde d'éternité

네가 내게 입 맞춘	Où tu m'as embrassé
내가 네게 입 맞춘	Où je t'ai embrassèe
어느 눈부신 겨울날 아침	Un matin dans la lumière de l'hiver
파리 몽수리 공원에서	Au parc Montsouris à Paris
파리에서	A Paris
지상에서	Sur la terre
우주의 한 별 위에서	La terre qui est un astre.

파리를 여행하는 동안 어떤 시점부터는 그 영원의 짧은 순간을 포착한 듯한 기분이었다. 내가 포착한 순간이란 새로운 생각과의 입맞춤이다. "발견의 진정한 여행은 새로운 풍경을 찾는 데 있는 것이 아니라 새로운 눈을 갖는 데 있다Le véritable voyage de découverte ne consiste pas à chercher de nouveaux paysages, mais à avoir de nouveaux yeux"는 프랑스 소설가 마르셀 프루스트의 말처럼.

여행은 생각의 산파다. 새로운 생각을 공급해주는 샘泉이고 삶의 자신감이다. 내가 깨달은 것은 인생은 단 한 번밖에 볼 수 없는 책인데 나는 너무 띄엄띄엄 읽어왔다는 점이다. 이제부터라도 찬찬히 읽어보자.

그런 각오와 다짐은 쳇바퀴 돌듯 돌아가는 일상 속에서 실타래같이 뒤엉켜 어디가 시작인지도 모를 스트레스와 공허감으로부터 빠져나올 용기와 활력을 불어넣어주었다. 강력한 충전이다. 우주의 한 별 위에서, 지상에서, 파리에서, 파리 거리의 한 모퉁이에서 나는 속도감 있게 축소되어 진주처럼 영롱해진 나 자신을 발견한 것이다.

지성과 사랑과 자유의 도시인 파리
보주 광장의 오후 풍경 ©강재인

그날 오후, 공항으로 달리는 우버 안에서 옆자리를 보니 아빠는 연일 계속된 강행군으로 피로하셨던지 깜빡 잠이 들어 계셨다. 어릴 때 부모는 아이들의 우주다. 하지만 내 우주였던 아빠는 이미 연로하셨다. 그렇게 생각하자 나도 모르게 핑 눈물이 돈다.

차가 흔들리면서 무릎에 놓였던 아빠의 손이 떨어졌다. 그 손을 붙들어 무릎에 다시 올려놓았는데 아빠는 눈을 감은 채 내 손을 꼭 잡으셨다. 의외로 따스하다. 그때 비로소 깨달았다. 여행 중에 만나는 낯선 문화와 낯선 사람들 가운데 난 내가 가장 만나고 싶었던 '아빠'를 이미 만나고 있었다는 사실을.

차창으로 보이는 파리의 하늘은 오늘도 도착하던 날처럼 맑고 푸르렀다. 나는 나를 발견하고 아빠를 만나게 해준 파리에 작별인사를 고했다.

"Au revoir Paris(안녕, 파리)!"